文春文庫

柳に風

新・酔いどれ小籐次（五）

佐伯泰英

文藝春秋

目次

「新・酔いどれ小籐次」おもな登場人物

赤目《あかめ》小《こ》籐次《とうじ》
元豊後森藩江戸下屋敷の厩番。主君・久留島通嘉が城中で大名四家に嘲笑されたことを知り、藩を辞して四藩の大名行列を襲い、御鑓先を奪い取る（御鑓拝借事件）。この事件を機に、〝酔いどれ小籐次〟として江戸中の人気者となる。来島水軍流の達人にして、無類の酒好き。

赤目駿太郎
小籐次を襲った刺客・須藤平八郎の息子。須藤を斃した小籐次が養父となる。愛犬はクロスケ。

赤目りょう
小籐次の妻となった歌人。旗本水野監物家の奥女中を辞し、芽柳《めやなぎ》派を主宰する。須崎村の望外川荘に暮らす。

勝五郎
新兵衛長屋に暮らす、小籐次の隣人。読売屋の下請け版木職人。

新兵衛
久慈屋の家作である新兵衛長屋の差配だったが、呆けが進んでいる。

お麻
新兵衛の娘。父に代わって長屋の差配を勤める。夫の桂三郎は錺《かざり》職人。

お夕
お麻、桂三郎夫婦の一人娘。駿太郎とは姉弟のように育つ。

久慈屋昌右衛門
芝口橋北詰めに店を構える紙問屋の主。小籐次の強力な庇護者。

観右衛門　久慈屋の大番頭。

おやえ　久慈屋の一人娘。番頭だった浩介を婿にする。

秀次　南町奉行所の岡っ引き。難波橋の親分。小籐次の協力を得て事件を解決する。

空蔵《そらぞう》　読売屋の書き方兼なんでも屋。通称「ほら蔵」。

うづ　弟の角吉とともに、深川蛤町裏河岸で野菜を舟で商う。小籐次の得意先で曲《わげ》物《もの》師の万作の倅、太郎吉と所帯を持った。

美造《よしぞう》　竹藪蕎麦の亭主。小籐次の得意先。

梅五郎　浅草寺御用達の畳職備前屋の隠居。息子の神太郎が親方を継いでいる。

久留島通嘉《くるしまみちひろ》　豊後森藩八代目藩主。

池端恭之助　久留島通嘉の近習頭。

高堂伍平　豊後森藩江戸下屋敷用人。小籐次の元上司。

青山忠裕《ただやす》　丹波篠山藩主、譜代大名で老中。様々な事件を通じて、小籐次と協力関係にある。

おしん　青山忠裕配下の密偵。中田新八とともに小籐次と協力し合う。

柳に風

新・酔いどれ小籐次㈤

この作品は文春文庫のために書き下ろされたものです。

第一章　秋の大雨

一

文政七年（一八二四）は、うるう年であった。

「閏年は異変が起こる」

と無責任にもいう者がいた。

事実、仲秋八月、関八州から陸奥国にかけて大雨大風が襲い、大川（隅田川）の出水で永代橋が大きな被害を受けた。そして、本所深川方面が浸水した。

赤目《あかめ》小籐次《ことうじ》は、長雨が続く中、小舟を隅田川に出せずに須崎村の望外川荘《ぼうがいせんそう》にいて憮然としていた。

いや、小籐次ばかりではない。

駿太郎《しゅんたろう》も野外道場での稽古が出来ず、望外川荘の自分の部屋や台所の板の間で木刀の素振りをしては憂さを晴らしていた。そして、

「父上、いつまでこの雨は降り続くのです、止む様子はございません」

と手を拱いて、降る雨を雨戸の隙間から覗き見る小籐次に尋ねた。

「雨風ばかりはのう、どうにも手の打ちようがないわ」

小籐次も溜息を吐いた。

その日も雨は降っていたが、風は止んでいた。ために小籐次は駿太郎に手伝わせて、雨戸を開けさせた。

小籐次は縁側に研ぎ場を設え、駿太郎に実父の須藤平八郎が遺した脇差の手入れをさせることにした。

目釘を抜き、柄は外した。

小籐次が備前ものと推量した脇差に銘はなかった。

刀長一尺八寸七分。刃文小互《こぐ》の目乱《めみだ》れが鮮やかで一見して備前もの、それも則光《のりみつ》を思わせた。

この日、小籐次は駿太郎に刀の研ぎの初歩を実践で教え込んだ。二刻後、粗研ぎを終えた。

「よいか、今後、気長に暇を作ってこの脇差の手入れをわしといっしょに致せ」

と小籐次が駿太郎に命じた。

「はい」

駿太郎が返事をして自らが粗研ぎをした脇差を愛おしそうに眺めた。

最前までの篠つく雨も幾分小降りになっていた。風がないので雨が静かに天から落ちていた。

駿太郎が菅笠に蓑を着て庭に姿を見せた。クロスケを伴い、隅田川の様子を見にいくという。

「よし、わしもいこう」

小籐次も雨仕度をなすと、駿太郎とクロスケに従い、望外川荘の庭を突っ切り、弘福寺と長命寺の間を抜けて、牛御前社別当最勝寺の山門から隅田川の河岸道に出た。

いつもは葦が繁る河原が茶色の濁流にのみ込まれ、ごうごうと音を立てて水の塊が下流へと突っ走っていた。

「父上、これは駄目ですね。当分、舟など流れに出せませぬ」

駿太郎が茫然として、いつもは穏やかな流れに視線をやった。

流木や、河原に建てられていた小屋や廃船が流されて行く光景は、小籐次とてどうすることも出来ないものだった。

下流には竹屋ノ渡しがあったが、むろん渡し船は土手上に引き上げられていた。

対岸でも小籐次、駿太郎父子と同じように流れを見にきた人がいた。

「この分では当分橋も渡れまい」

江戸は激流によって二分されていた。

だれの目にも当分、この激流がいつもの流れに戻るのには日にちを要すると分った。間違いなく荒川の上流部の秩父辺りの山岳地で大雨が続いているのであろう。

その時、父子は知らなかったが大川の一番下流に架かる永代橋は、激流が運んできた流木などで破壊され、すでに橋の役目を果たさなくなっていたのだ。

クロスケは土手道の上で小便をたっぷりとした。犬の目にも当分晴れ間は見えず、散歩など論外と思えたのだろう。

「父上、竹屋ノ渡しの茶店の姿が見えませぬ」

「流されたかのう」

小籐次も気付いていた。

「稽古は当分できません」

「ああ、外での稽古は無理じゃな」

雨が再び強くなっていた。

「戻ろうか、帰りに舟を確かめていこう」

小籐次が駿太郎に話しかけた。

仕事に使う小舟は湧水池の船着場から二人して担ぎ上げて、柿の大木に括りつけていた。

二人と犬は、弘福寺の境内をぬけて本堂の前に出た。父子で合掌をしていると、

「さすがに赤目様もなす術なしか」

と本堂の中から声がかかった。弘福寺の住職向田瑞願師だ。

「和尚、流れを見てきたが当分向こう岸には渡れぬわ」

「渡れぬな」

「仕事もなにもあったものではない」

小籐次が答えると、

「おお、そうじゃ、寺にも刃物はある。寺の刃物を研いでくれぬか。かような時くらいしか赤目小籐次様には研ぎなど頼めないからな」

と瑞願が言った。

「それは有難い、退屈しのぎになる」

「研ぎ料代わりに本堂の板の間を稽古場として使ってよいぞ」

弘福寺は、延宝元年（一六七三）に黄檗宗《おうばくしゅう》の寺として開かれた。その後、宗派が変わり、小籐次にはただ今何宗の寺か分らなかった。

隣りの長命寺には、名物の桜と桜餅の売り物があった。

だが、弘福寺には見物が訪れる、

「呼び物」

がなかった。ゆえに広い本堂を持て余していたのか。いわゆる貧乏寺だった。

「和尚様、仏様の前で稽古をしてよいですか」

「おお、構わん」

と瑞願の返事を聞いた小籐次が、

「研ぎ道具を抱えてお邪魔しよう、駿太郎の稽古を見ながら研ぎ仕事を致す」

「そうしてくれ」

約定がなった。

二人とクロスケは小舟が無事であることを確かめ、望外川荘に戻った。

「流れはどうでした」

おりょうが駿太郎に尋ねた。

「母上、竹屋ノ渡しの茶屋も流されております」

「未だこの雨は続きそうですね」

「二、三日は降り続こう」

小籐次はなんの確証もなかったがそう答え、弘福寺の和尚の提案を告げた。

「おや、本堂を稽古場に使えますか」

「ということだ」

「研ぎ賃はただの代わりに本堂を剣道場にですって」

とお梅がいささか不満げな顔で言った。

「弘福寺の天井は高いし、広くてよい」

駿太郎はそれだけで満足していた。

「和尚はお酒が大好きです」

お梅が言い足した。

「檀家の人びとが言うています。弘福寺の和尚の酒は長くて説教がいつまでも続く。法要も弔いも終わらぬと」

「そうか、和尚は酒好きの説教好きか、酒好きはこちらも負けぬが、説教されるのは敵わぬな」

小籐次は思ったが今更、約定を取り下げられなかった。

昼餉《ひるげ》を早々に済ませた父子は再び雨仕度で、研ぎ道具と稽古道具を手に弘福寺に向った。すると寺の中から大声が響いてきた。

「なに、本堂を剣道場にするだと。ふざけたことを抜かすな。うちの親分とあれほど話をしてよ、賭場に貸す約定がなっているじゃねえか。和尚、おめえは忘れたのか、おめえの馬鹿息子がうちの親分からいくら借財を負っているか、そのことを考えて親分が寺を賭場に使っていくらかでも借財の返済にあてようとしたんじゃねえか。その親切を無にして剣道場だと、どこに寺の本堂を剣道場にする間抜け坊主がいる」

よく喋る男の声が雨の音をぬけて小籐次、駿太郎父子の耳に届いた。

瑞願が駿太郎に剣道場として使えといったのには、理由があったようだ。

「父上、どう致しましょうか」

「どうしたものかのう。まあ、寺も賭場に使われるよりは剣術の稽古のほうがまだましだと思うがのう」

小籐次は独り合点をして本堂の階下で蓑を脱いだ。

その気配に男たちが顔を覗かせた。どやつも蓑をつけ、履物を履いたままの不作法者ばかりだ。

「なんだ、爺。寺は当分休みだよ、今晩から賭場にするんだよ」

「この長雨では客は集まるまい」

小籐次はそう言いながら桶に入った研ぎ道具を抱えた。駿太郎も雨具を脱いで木刀や竹刀を手に階《きざはし》を上がった。

「爺、おまえたちか、寺を剣道場に使おうという不届き者は」

「和尚に許しを得てある。じゃが、どうやら和尚、腹に一物あったらしいな。騙されたとみゆる」

小籐次がそういいながら、瑞願和尚の顔を見た。

しれっとした顔で、瑞願は、無精髭の顎を撫でている。

「頼み事には順序があろう」

「そう申されるな。隣近所の付き合いに一々断わりなど入れるものか。その代わり、そなたが亡くなれば、愚僧が弔いを上げてな、もしおりょう様が願われるならば、後添いとしてもらってもよい」

瑞願は恍《とぼ》けたことをぬけぬけと言った。

「爺と坊主、くだくだ抜かすでねえ。上総《かずさ》じゃ、物事は一気に方をつけるのが作法だ。何なら一発、張り手をかましてやろうか」

と怒鳴ったのは田舎相撲でもやっていたか、がっしりした長身の男だった。

腰には長脇差ならぬ刃渡り三尺余の大物を差し込んでいたが、なにしろ縞の井桁が派手すぎて様になっていなかった。

「張り手な、名はなんだ」

「わしか。相撲取り時代のしこ名は大館山草五郎だ、ただ今は館山藩稲葉の殿様にお目をかけられた上総の仁吉親分の舎弟、張り手の草五郎だ」

「しこ名やら、館山の殿様の名やら並べ立てたが、ヤクザ者の子分か」

「ヤクザ者と抜かしやがったな、爺」

張り手の草五郎が本堂の仏壇の前からのしのしと小籐次に歩み寄ってきた。

小籐次は研ぎ道具を本堂の床に置いた。

弘福寺は貧乏寺とは聞いていたが、本堂の造作はしっかりとしていた。しかし、なにも仏具はなかった。大方、瑞願が金に困って売り払ったか。

(駿太郎の稽古場に貸してもよいというわけだ)

と思いながら、駿太郎を見ると、稽古道具を本堂の端において、竹とんぼを一つ手にしていた。小籐次の破れ笠から抜いてきたらしい。

「草五郎、そなた、この寺を賭場にするつもりか」

小籐次の長閑《のどか》な声に、

「おお」

と答えた草五郎の足が止まった。

小籐次の前、二間ほどのところだ。二人の背丈の差は一尺五、六寸あった。

館山藩は、戦国期以来の外様里見氏の領地であった。だが、近世まで長いこと廃藩時代が続いていた。そして、天明元年（一七八一）に入封した稲葉正明は、初め将軍家治の小姓となったのが出世のきっかけで、小姓組番頭格、御側申次と昇進し、安房館山に陣屋を築き、一万石の大名に出世した。

どうやら稲葉の殿様のお目こぼしをよいことに館山で威勢を張った田舎ヤクザの下っ端のようだった。

「うちの親分が江戸に縄張りを広げたいというので、わしが先駆けに来た。この弘福寺の倅《せがれ》は館山のうちの賭場に出入りしてよ、大金を親分に借りてやがる。だからな、この寺を足がかりに川向こうの江戸へと出張る考えよ」

「草五郎、安房と江戸は違う、大火傷をせぬ内に安房館山に戻らぬか」

「最前からつべこべ抜かしておるが、その大口、わしの張り手で叩き潰してやろうか」

「張り手の草五郎、止めておけ。そなたが怪我をすることになる」

小籐次の言葉に張り手の草五郎が太い腕を威嚇するようにぶんぶんと振り回した。

瑞願和尚も、背丈に差があり、年齢も親子ほど違う二人の対決を興味津々に眺めていた。

「張り手の草五郎、酔いどれ小籐次なる名を聞いたことはないか」

「なんだ、その名は。相撲取りか」

「相撲取りではない、わしの異名だ。もっともわしが言い出したわけではないぞ、世間様が勝手につけた名だ」

「酔いどれじゃと、酒が好きか」

「好きかと問われれば、好きと答えるしかないな。どうだ、そなた、酒の飲み比べで決着をつけぬか。そなたが負ければ、この寺からさっぱりと手を引け」

「面白い」

張り手の草五郎がぶん回していた片腕を止めた。

「酔いどれ様、酒はどこにある」

と瑞願が小籐次に質《ただ》した。

「寺に酒がないのか」

「おまえ様が飲む量は途方もないと世間の噂だ。わしの今晩の飲み量が二合あるかなしか」

「ならば、張り手の草五郎、弟分らに四斗樽を二つほど買いに行かせよ」

「爺、ふざけたことを抜かして、酒を四斗樽二つも買えだと。だれが飲む、それほどの酒」

「わしとおまえだ」

「爺、張り手の草五郎をからかったな」

草五郎が両手を大きく差し上げて、小籐次に迫った。

小籐次は動かない。

それが張り手の草五郎には怯えて竦《すく》んだように映った。

一気に伸し掛かるように押し潰そうとした張り手の草五郎の耳に、
ぶーん

という風切りの音がした。

うむ
草五郎が大きな顔を向けて、そちらを見た。すると駿太郎が両手で捻り上げた竹とんぼが張り手の草五郎に襲いかかってきた。

わあっ
と言いながら草五郎が大きな手で払った。

だが、竹とんぼの両端は小籐次が切れ味のよい小刀で削いだ、

「竹の刃」

だ。

すぱっ
と張り手の草五郎の固い手の皮を斬り裂いて、血飛沫《ちしぶき》を上げさせた。

「嗚呼《ああ》」

と呻いた草五郎がもう一方の手で斬れた手を抱えた。

「な、なにをしやがる、小僧が」

五人の弟分たちが長脇差を一斉に抜いた。

駿太郎が小籐次を見た。

「父上、どうしましょう」

「稽古代わりに立ち合ってみよ。じゃが、直ぐに木刀で叩きのめしては稽古にもなるまい。竹刀でな、存分に時をかけて退治せえ」

「畏《かしこ》まりました」

駿太郎が竹刀を手にした。

「爺も爺なら、餓鬼も餓鬼だ。生意気だぜ、反対に叩きのめせ」

弟分の一人が仲間らに声をかけ、中の一人が、

「よし、小僧を俺が叩き斬る、いいな、兄い」

「おお」

長脇差を片手に構えた一人目が、隙だらけの体勢で駿太郎に襲いかかっていった。

間合を見ていた駿太郎の竹刀が、
くいっ
と突き出されて相手の喉を突き上げると、後ろ倒しになって悶絶した。

「父上、間違えました。ゆっくりと時をかけるのでしたね」

「おお、そのことを忘れてはならぬ」

小籐次が、今や血が流れる片手を抱えて本堂の床にへたり込んだ張り手の草五郎の動きを注視しながらも言った。

「では、お次」

駿太郎の声に残りの四人が一斉に斬りかかっていった。

その襲い来る渦の中に身を入れた駿太郎の竹刀が胸を突き、脇腹を叩き、足を払った。

瑞願の眼には駿太郎の動きがつむじ風のように見えた。

「おうおうおー、酔いどれ小籐次の子は、稽古熱心と聞いたが、思いの外の腕前ではないか」

と小籐次を見た。

「和尚、いかにもわしの子ゆえ、この程度の来島《くるしま》水軍流は叩き込んでおる」

「ならば、安房の田舎ヤクザなど親父様が出る幕もないか。わしは酔いどれ様の剣術を楽しみにしておったのだがな」

二人が会話する間に五人の弟分が本堂に倒れ込んで呻いていた。

「どうする、張り手の草五郎」

小籐次の問いかけに、草五郎らが這《ほ》う這《ほ》うの体《てい》で逃げ出した。

二

「助かった」

瑞願がしれっとした顔で小籐次に言った。

「助かった、ではなかろう。和尚、かような魂胆があったゆえにわれら親子に本堂を剣術の稽古に使えだの、わしに研ぎをしろなどと誘いをかけたな」

小籐次が詰《なじ》った。

「まあ、そんな具合だ。餅は餅屋と世間で言おうが。あやつら相手では貧乏寺の坊主ではどうにもならぬ。馬鹿な倅のこともあったで、過日掛け合いにあやつらが来たとき、追い返すために寺を賭場に貸すと口約束したのだ」

「呆れたわ」

小籐次はようやく、瑞願には、

「酒好き、説教がだらだらと長い」

という噂の他に、

「お布施には厳しい」

という一事があったことを思い出した。つまり弘福寺は金に非常に困窮しているのが見え見えだった。

「事情を話せ」

小籐次は、瑞願に迫った。

瑞願は本堂から表の雨が降り続くのを見て、

「酔いどれ様、蛙の子は蛙じゃのう。倅、いくつに相なった」

と話柄《わへい》を変えた。

「十一歳だ、それとこれとなんの関わりがある」

「実に心強い。なにしろうちの寺の後ろはそなたの住まい、望外川荘じゃ。近隣の者を助けるのは、同じ界隈の者の務めじゃからな」

「われら父子、この寺の用心棒ではないぞ」

「さようなことは承知じゃ。そなたが事情を告げよというから聞いただけだ」

「倅の歳がどのような関わりがある」

瑞願は、どさりと本堂の床に座り込んだ。

駿太郎は、稽古をしてよいものやらどうやら考えあぐねていた。

「駿太郎、本堂で稽古をしてよいぞ、勝手気ままに使え」

瑞願が駿太郎に声をかけ、駿太郎が父親を見たので小籐次は頷いた。

駿太郎は手にしていた竹刀を木刀に代え、仏壇に向って一礼した。

だが、ご本尊は空であった。大方酒代に売り払ったのであろうか。そんな眼差しで仏壇を見ている小籐次に、

「坊主の出来損ないじゃが、さすがにご本尊は未だ売ってはおらぬ、ある。あやつらが来るというので、仏壇から下ろして奥に隠した」

と瑞願は知恵があろうという得意の顔で小籐次に答えた。

「駿太郎、しばらく独り稽古をしていよ」

と命じた小籐次は、瑞願の傍らに腰を下ろした。

雨は止む気配もなく降り続いていた。

「酔いどれ様、酒なら少しある。先日弔いがあったでな、その飲み残しだ」

「酒はいらぬ。それより事情だ」

「おお、そうだ、事情を話さねばそなたも得心すまい」

とようやく話をもとに戻した瑞願が、

「愚僧の弘福寺はその昔、本山は京の宇治にある黄檗山萬福寺の末寺にして、ただ今、安房館山の海前山弘安寺の兄弟寺でな、うちは弟寺というわけだ。一人息

子の智永を本寺に修行に出したと思え。今から三年前の十七のときだ。まあ、最初は殊勝に勤めておったようだが、わしの血を引いているせいか、直ぐに遊びに心が向った。わしと違い、酒ではのうて博奕《ばくち》一本で、上総の仁吉なる博徒の賭場に出入りして、借財を作ったようだ。本寺に博徒が出入りして修行僧に金を返せと迫るようになっては、本寺も寺においておくわけにはいかない。夜中に江戸へ戻れと、本寺の和尚が因果を含めたようだが、博徒のほうが一枚上だ。うちの智永をとっ捕まえて、この寺を借り受ける証文を書かせたとか、寺の沽券を取り上げたとか」

「なに、倅に沽券を持たせておったか」

「酔いどれ様、当寺は弘安寺の弟寺じゃぞ、持ち主は向こうの兄寺だ。わしはいわば雇われ坊主だ、寺に沽券があるかないかも知らぬ。上総の仁吉の言い草だ。智永が泣き言を書いた文を寄せてきたが、うちに金などあるものか。放っておいたら、あやつら、最前のやつらを寄越しやがった」

「なんとも坊主親子にあるまじき所業じゃのう」

「そういうな、酔いどれ様。これでもこの界隈の檀家二十数軒が頼りにしている弘福寺だ。まず昨日、あやつらが掛け合いにきた。それで明日来いと返事をしてな、雨を見ながら思案をしていたのだ」

瑞願がまた表の雨を見て、

「よう降るのう、酔いどれ様」

と言った。

「雨の話ではなかろう」

「いや、雨の話だ」

と即座に応じた瑞願が、

「そなたら父子、身延山久遠寺《みのぶさんくおんじ》の信徒か」

と話柄を突然変えた。読売で知ったか、このようなことを言い出した。

「こちらは日蓮宗か」

「いや、違う」

「ならばなぜ尋ねる」

「世間の噂でそなたらが身延山まで代参に行った話を承知しておる。随分と仏心があるものよと感心しておるのだ」

小籐次は話があちらこちらに散らかる瑞願和尚の顔を見た。

「わしがこの雨を見ておるとな、そなたら親子の笠と蓑姿が川の方向にいくのが見えた。そこではたと気付いたのだ」

「はたと気付いたとはどういうことか」

小籐次は思わず問い直して、

（ああ、厄介に嵌《はま》る）

と思った。

「そうだ、あやつらが来た折に酔いどれ様がいたらどうなるとな、考えた。近隣の危難を見逃すわけにもいくまい。なにしろ赤目小籐次は天下に名高き『御鑓《おやり》拝借』の兵《つわもの》だ、武芸者だ。そこで帰りを待ってな、そなたら親子に声を掛けたというわけだ」

「呆れた。われら父子、この長雨に研ぎ仕事も出来ず、倅は稽古も出来ずに不満が溜まっておった。そこへ寺の和尚から声を掛けられれば、『なんと親切な和尚よ』と思うて、いそいそと戻って来たらこの有様だ」

「お蔭で助かった」

小籐次は言葉もなく瑞願を見た。

「父上、寺は天井が高くて広いし、立派な剣道場ですよ」

駿太郎が木刀を手に存分に素振りの稽古を繰り返しながら言った。

「われら、和尚の手に嵌められたのだぞ」

「でも、雨の日は濡れずに稽古ができます」

「おお、そうだ。仏具はほとんどないでな、好きなように飛び回れ」

と瑞願が答え、

「それにしても親父様の血も引かずして駿太郎はなかなかの腕前だな。あやつら、もう二度と顔を見せまい。親父様の酔いどれ小籐次ではのうて、代役の駿太郎にあっさりとやられたでな」

「和尚、そなた、あやつらの魂胆が分っておらぬ。そう簡単に諦めるものか、江戸近くにあって檀家も少ない貧乏寺、賭場にうって付けだからな。こんどは人数を揃えて戻ってくるぞ」

「心配いらぬ、赤目小籐次、駿太郎の父子が控えておる」

瑞願は平然と言った。

「われら親子はこの寺の用心棒ではないぞ」

言い合いになった。

「まあ、そう申すな。近隣の付き合いはなにより大事だ。おお、そうだ、この雨を見ながら一献《いっこん》傾けるのも悪くないな」

瑞願が立ち上がった。

「わしは昼間から酒は飲まぬ。寺に錆くれた包丁があれば、持ってきてくれぬか。わしの本業は研ぎ屋だ、研ぎ料は四十文だ」

「四十文な、賽銭箱にそれくらい入っていたかも知れぬ」

と坊主らしくもないことを抜かした瑞願が、

「そなた、去年だが、六百両の賽銭を集めた生き神様であったな。生き神様に四十文ぽっちの研ぎ料は渡せぬな。賽銭箱をひっくり返せば、もう少し出てこよう」

「賽銭箱の賽銭で研ぎ料を払う気か、呆れてものがいえぬわ」

小籐次はそれでも一応研ぎ仕事の仕度をすると、独り稽古の駿太郎の相手をするつもりで、竹刀を手にした。

確かに下手な町道場より天井は高く、広い。

「これはよいな、床板もしっかりとしておるわ」

小籐次は木刀を構えた駿太郎に向き合い、指導を始めた。

どれほどの時が過ぎたか、瑞願が姿を見せて、

「おうおう、親子で麗しい光景かな。うちの智永も十三、四歳までは聞き分けが

よい伜であったがな。今では駿太郎の爪の垢でも煎じて飲ませたいものよ」

という雨が降る入口近くに盆を置いた。

盆には貧乏徳利と茶碗が二つ、青菜漬けの刻んだ皿があり、二膳の箸も添えてあった。

小籐次は長雨を見ながら一献も悪くないな、と誘惑にかられたが、駿太郎の躾《しつけ》によくないと思い、諦めた。

「駿太郎、刀に替えよ」

と命じた小籐次は、自らも次直《つぐなお》を腰に差す前に本堂に向って正座した。

駿太郎が見倣った。

「ご本尊はお留守じゃが、これからもこの本堂を道場代わりに使わせてもらうとなると、挨拶をしておかねばなるまい」

小籐次は駿太郎に言い、瞑目して合掌した。駿太郎も父親を真似た。

「よし」

と瞑目を解いた小籐次に、

「寺よりも天下の酔いどれ赤目小籐次道場のほうが流行るかもしれんな。そなた、読売屋に知り合いがおろう。須崎村の弘福寺で『御鑓拝借』の酔いどれ小籐次が剣術道場を開いたと、書かせてくれぬか。わしは左うちわで暮らしていけるわ、そなたにもそれなりに実入りが入ろうでな」

空蔵《そらぞう》の顔を浮かべながら、小籐次は黙って瑞願を睨んだ。

茶碗酒を手にした瑞願が、

「そう怖そうな顔をせんでもよかろう。愚僧が商いの要諦を授けておるのだ」

「断わる。弟子などとる気はない。駿太郎がわが弟子だ」

父上、と駿太郎が袖を引いた。

「なんだ」

「すでにお二人弟子がおられます」

「おお、旧藩の二人が弟子入りしていたな。だが、いくら長雨とはいえ、このところ稽古に顔を見せておらぬではないか」

「致し方ありません、この雨で川を渡ってくるのは無理です」

「無理か」

と一応得心した小籐次が、

「ただ今のところ弟子は三人だ。それ以上は増やさぬ」

「近所で評判が立てば嫌でも弟子入り志願は出てこよう。四人目から束脩《そくしゅう》は四分

六、稽古代は五分五分でどうだ」
と瑞願和尚が小籐次を見た。

「四人目はとらぬ。稽古代などだれからもとっておらぬでな」

と小籐次が言い、駿太郎を促し、立ち上がると互いに刀を腰に差した。

仏壇に向った二人は、

「来島水軍流正剣十手脇剣七手、奉献」

と小籐次が声を発した。

父と子は、「序の舞」から一つ一つの動きを丁寧に、だが、間と律動を心得た流れで真剣での剣技を披露していった。

仏様に奉献するゆえ、立ち合いではない。だが、亡父伊蔵《いぞう》が伝えた来島水軍流の技をひたすら心を込めて演じていった。

正剣十手脇剣七手にどれほどの時を要したか。

瑞願和尚は、手に茶碗酒を持ったまま、ただ口をあんぐりと開けて見ていた。

「竿飛ばし」を剣で演じて二人が動きを止め、空の仏壇に一礼したとき、

「終わったか」

と洩らした。

「いや、そなたの噂はあれこれと聞いておった。川向こうの江戸の人間が騒ぎ立てることに碌《ろく》なことはない。ゆえに話半分に聞いておったが、どうしてどうして、これは本物じゃ。動きに何一つ嘘がない、さらには濃密で美しい。見物じゃぞ、これだけで金が稼げる」

と最前の言葉を繰り返した。

「剣術は金を稼ぐ手段ではない」

「ではなんだ」

瑞願和尚の反問に小籐次がしばし間を置いた。

「仏道はなにを目指して修行致すな。そなたも位の高い僧侶になり、大きな寺の管主《かんしゅ》、座主《ざす》に就くことが目標か」

「わしには関わりがないことだな。精々二十数軒の檀家を守って、法要をなし、そのついでに毎日酒がほどほどに飲めればいい」

「和尚、それだ、そのことだ。二十数軒の弔いをなし、法会《ほうえ》を行い、説教をなし、

「うむ、そうだ、思い出した。そなたの説教はえらく長いそうだな。檀家の人が退屈してしびれを切らすほどに長いとこの界隈の評判だぞ」

「どうしたな、和尚」

「なに、評判になっておるか」

「おお、それもよい評判とは言えまいな。仏を弔うのに長説教は要らぬな」

「要らぬか」

「おうさ、仏様はすべて人間が口にすることなど承知だ。この世の人を困らせてどうする」

「長い説教のほうが有難かろう。正直、愚僧とてぐだぐだ言いたくはない。だが、お布施を頂戴する以上は、それなりに尽さぬとな」

　ふむ、と返事をした小籐次が、

「そなたは説教を勘違いしておらぬか。仏を供養するには心を込めた読経があれば十分だ。そなたの話が面白いとも思えぬがどうだ」

「酔いどれ様は、よう承知だな。己で己の説教が面白いと思うたことはない」

「それみよ、己が面白い、よいことを言うたと思える言葉は、一つあれば、十分じゃぞ」

「これからそうしてみるか」

「おお、評判がよくなりお布施が増えるかもしれぬ。いや、これは余計なことであったな」

小籐次の言葉を吟味していた瑞願が、

「よし、これから法要の場の説教はなしだ」

「それがよかろう」

と小籐次が長雨も悪くはない、功徳を積んだと思ったとき、

「その代わり、そなたら親子の剣技の見物をお彼岸に披露しよう。さすれば檀家の衆も喜ぼう。そなたの剣技を見て、愚僧卒然と悟った。剣の道も仏の道も己を磨くことことな」

「断わる。そなたの仏道とわれらの剣術は、行き着く先は同じのようで違うでな」

「どう違う」

「刀は、持つ人が持てばその人の心を鍛える道具じゃが、最前の輩《やから》が持てば、人を脅し、斬り付けて、時には死に至らしめる道具にもなる。わしも人を斬った。止むをえない動機ゆえに人を斬り、殺《あや》めた。刀とはそのようなものだ」

「おう、承知だ。『御鑓拝借』に始まり、数多の人を叩き斬ったようだな」

「ゆえに仏道とは違う。そなたの説教代わりに剣術披露の見物など断わる」

「ダメか」

「おおダメじゃ」

と応じた小籐次は、駿太郎の動きを見ずとも木刀稽古をしていることを察知していた。

「それよりそなたの倅はどうなるのだ」

　と小籐次はつい質していた。

「仏に仕える身で博奕なんぞに手を出しおって、親ばかりか兄弟寺に迷惑をかけるなどあってはならぬわ。二十歳で命を失うのも、智永が持つ運、天のさだめだ」

「子は一人か」

「おお、女房があやつを産んで直ぐに亡くなったでな、智永は母親の顔も知らずにわしの手許で育ったのだ。なんぞ、育て方が悪かったかのう」

　と言うと茶碗酒を飲み干し、貧乏徳利に手を伸ばして、

「酔いどれ様、雨を肴に酒を飲む、付き合え」

　と言った。

　小籐次は迷った。

　雨とはいえ、日中から酒など飲みたくないと思った。

「おお、そうだ。酔いどれ様も母親の顔を知らんで、親父どのに育てられたそうな」

これまた読売からの知識か、瑞願がそんなことを言った。

「時に酒を飲むのも法会の一つぞ」

「身勝手な法会があったものじゃ」

と言いながらも、つい小籐次は空の茶碗に手を伸ばしていた。

三

雨が小降りになった夕暮れ前、弘福寺を出た小籐次と駿太郎は、庭伝いに船着場に出て、湧水池の水位を確かめた。

相変わらず船着場の船板ぎりぎりに水面が来て床板を洗っていた。

「父上、舟を出すのは当分だめです」

「このところ異変続きじゃな、ようも雨風がつづきおる」

小籐次は瑞願和尚に付き合い、茶碗七分ほどの酒を嘗《な》めた。

瑞願は酒が入ると確かに長話になった。というより、同じ話を何度も繰り返した。そして、倅の智永の名がその間に挟み込まれた。およそ倅を罵倒したり、ののしったりしているのだが、案じているせいだと駿太郎にも分った。

泉水の水も高くなっていた。だが、不酔庵《ふすいあん》の床に接するほどではない。

縁側の雨戸が閉じられているので、二人は玄関へと回った。

「ただ今戻った」

小籐次の声にお梅が出てきた。

「駿太郎様、稽古になりましたか」

「私は独り稽古をしておりましたが、父上は和尚さんの話し相手で研ぎ仕事は出来ませんでした」

「あーあ」

とお梅が応じた。

「酒は和尚さん、飲んでいませんでしたか」

「途中から貧乏徳利を持ち出し、しきりに飲め飲めと誘われ、少しだけ付き合った。あれでは檀家の方々もお困りであろう」

小籐次と駿太郎は道具を持ったまま、台所の板の間に向った。

家じゅうが湿気っていた。

台所では行灯《あんどん》の灯りでおりょうが文を認《したた》めていた。

「駿太郎、お寺さんは稽古場になりそうですか」

おりょうが巻紙から顔を上げて尋ねた。

「本堂の天井は高くて広いです。私と創玄一郎太《そうげんいちろうた》さんと田淵代五郎《たぶちよごろう》さんの三人が稽古をするには十分です。でもこの雨では江戸の向こう岸から須崎村に来るのは無理ですね」

「江戸じゅうが雨つづき、今日は風が吹かないのが救いでした」

「明日から駿太郎だけが弘福寺の本堂を借りて独り稽古をします」

「おや、どうしてです」

「父上は和尚さんの話し相手に付き合わされて研ぎ仕事はできませんでした」

おりょうが小籐次を見た。

小籐次は事情を告げた。

「あらあら、智永さんたら館山に修行に行って、そんな悪になったんだ」

お梅が智永を承知か、そう言った。

「嘘か真か、博奕場に借財があって、弘福寺を賭場に貸すと約定させられたようだ。和尚は和尚なりに倅の身を案じておった。ゆえにあのような愚痴話になったのだろう」

小籐次は瑞願の繰り言にうんざりしながらも同情をしていた。

「近ごろ法事に行って酒に酔い潰れてしまうって話を聞きました」

お梅は瑞願和尚の酒癖が近ごろ急にひどくなったといった。となれば瑞願は倅の行状を本寺から知らされて承知なのかもしれない、と小籐次は思った。

「おまえ様、弘福寺はヤクザ者の賭場になるのですか」

「須崎村で賭場など開かれて堪《たま》るものか、わしが許さぬ」

小籐次がおりょうの問いに応じた。

「駿太郎様に懲らしめられたその連中、また来ますね」

お梅が駿太郎に聞いた。

「ああいう連中は直ぐには諦めまい。日をおいて戻ってこよう」

小籐次はそう答えながら、この長雨の中、安房からどうして旅をしてきたのだろうかと訝《いぶか》しく思った。

「和尚様に付き合うて酒を飲まれましたか」

「茶碗で七分ほど付き合うた。わしがどれほど飲んだかなど和尚は気付いていまい。お梅、和尚は昔から酒に飲まれておったか」

小籐次の問いにお梅はしばらく考えた。

「私が小さな頃は気付きませんでした。弘福寺の和尚さんの酒癖が悪いと噂されるようになったのは、この数年です。一年半ほど前から法事でもないのに檀家に立ち寄って仏様にお経を上げ、酒をせびるようになったと、うちのお父つぁんが言っていました」

「倅どのの行状が気になってのことでしょうか」

おりょうの問いに小籐次は頷いた。お梅が、

「口直しに酒を飲まれますか」

と小籐次に聞いた。

「口直しな、というより雨封じに燗酒でも頂戴しようか。おりょう、文を書き終えたら付き合わぬか」

「父上に近況を問う文を認めておりました。もっとも書き上げたところで、文を出すあてなどありません。江戸じゅうが大雨で孤立して暮らしています。長屋ではお困りのところもございましょう」

「うちは大丈夫か」

「お米、味噌、油、切り干し大根、梅干し、漬物などの用意がございますゆえ、十日や二十日は大丈夫です」

おりょうが言った。

「母上、夕餉の菜はなんですか」

「雑炊です」

「また雑炊ですか」

「駿太郎、武士が食べ物に不平不満を申してはなりませぬ。食せるだけ幸せです」

駿太郎が、はっ、としたような顔をして、はい、と返事をした。

小籐次は、お梅が燗をした温《ぬる》めの酒をゆっくりと口に含んだ。最前瑞願と付き合った、

「苦い酒」

が温めの燗酒で消えて行った。

「愚痴、繰り言を菜の酒とは比べようもないわ、最前までの憂さがすっきりと晴れたぞ、お梅」

と小籐次が礼を述べた。

文を書き終えたおりょうが囲炉裏端に来て、小籐次が飲み干した盃をおりょうに差し出し、燗酒を注いだ。

「頂戴します」

とロに含んだおりょうが、

「ほんに鬱々とした気分が溶けていくようです」

「おりょう、酒の味を覚えたようだな」

「おまえ様と暮らすようになり、酒の徳に気付きました」

「瑞願和尚の酒は、飲めば飲むほど鬱が溜まる酒よ」

「困ったものでございますな」

小籐次は瑞願の姓はなんというのか知らなかった。この界隈の人は、

「弘福寺の和尚」

とか、

「瑞願様」

と呼んでいた。そのことをお梅に尋ねると、

「弘福寺の瑞願和尚です」

と答えた。

「お梅、わしは一応武士の端くれであった。ゆえに赤目小籐次という。おりょうは、昔は北村りょう、駿太郎は、須藤の姓を持つ。和尚も平民ではないゆえ、姓があって不思議ではなかろう」

お梅は、そうか、という表情で考えていたが、

「和尚は和尚ですよ」

と呟く様に言った。

おりょうとお梅が苦労した野菜入りの雑炊で夕餉を終えた。

寝に就く前に駿太郎が、

「父上、明日も雨ですね」

「雨であろうな」

「弘福寺の本堂で稽古をします」

「わしも行く。明日は和尚の愚痴には付き合わず、寺の包丁を研ぐ」

と小籐次が答え、駿太郎が寝間に入った。その途端、寝息が聞こえてきた。


翌日、雨は上がった、風も止んだ。

だが、長く降りつづいた雨のせいで庭はぬかるんでいた。

小籐次と駿太郎は、約束どおりに弘福寺に向った。久しぶりに雨に濡れない散歩に出かけるつもりか、クロスケも従ってきた。

だが、本堂の扉こそ開かれていたが、和尚が朝の勤行《ごんぎょう》をなした風もなく、庫裡《くり》で眠り込んでいる気配だった。

「父上、和尚さんが起きてしまいます。起きるまで稽古は待ちましょうか」

「そなたが稽古したくらいでは目は覚ますまい」

駿太郎に言った小籐次は庫裡に回り、台所で包丁を探した。お梅の話では何年か前までは、若い修行僧と小僧がいたというが、今では瑞願独りだけが弘福寺を守っていた。

あちらこちら探した末に、庭の井戸端で濡れそぼっている出刃包丁と菜切り包丁を見つけた。どちらも錆くれて、柄もがたがた、刃は欠けていた。

小籐次は井戸の水を汲んで桶に入れて、包丁二本とともに本堂に持ち帰った。

駿太郎は、木刀の両端を持って体を曲げたり、伸ばしたりしていた。小籐次が教えた本式の稽古前に筋肉を柔軟にしておく動きだ。

クロスケは本堂の端に上がり込んで横になっていた。

雨が上がり、陽射しが戻れば日向は暑かった。

小籐次は雨が止んだ本堂前の階の上に研ぎ場を設えた。それにしてもこれほどひどく傷んだ包丁を小籐次は知らなかった。

「よし」

と小声で己に気合いを入れると久しぶりに粗砥の上に刃を寝かせた。錆をまず落とさねばなるまい。

最後に研ぎ仕事をしたのは、久慈屋《くじや》の店先であった。あの夕刻から十数日が過ぎていた。

紙問屋久慈屋にとって湿気は一番の大敵だった。おそらく大事な紙は蔵に仕舞い、湿気を吸うという炭俵を床に並べていることだろう。

新兵衛長屋のことも気になった。

お夕の錺《かざり》職人の奉公は、最初の難関を越えていた。だが、十数日も表に出られないと、呆けが日に日に進行する新兵衛のことが案じられた。

天気のよい日なれば、長屋の柿の木の下の日蔭に筵《むしろ》を敷いて独り遊びをしていた。だが、この長雨ではどうにもなるまいと思った。

そんなことを思い出していたのは、砥石の上を刃が動き出すまでのことだ。ただひたすら単調な行為を繰り返し、刃を動かした。すると頭から雑念が飛びさり、

「無心」

に作業を続けた。粗砥で錆を落とした出刃を中砥に替え、刃を研いでいった。

二本研ぎ終え、柄を手もちの柄と挿《す》げ替えた。するとまるで違った包丁が出来上がった。

「ふう、よしよし」

と自らに声を掛けると、階の下に女が立っていた。

「赤目様、本日は弘福寺さんで仕事ですか」

長命寺門前で桜餅を商う山本屋の女将《おかみ》だ。

「うむ、長雨ゆえ外にも行けんでな、和尚が駿太郎に本堂を道場代わりに使ってよいというので、わしはそのお代を研ぎで払っておるところよ」

ふっふっふふ
と笑った女将が、

「弘福寺さんでは研ぎ代はもらえませんものね」

と言った。

長命寺は、弘福寺と違い、隅田川の土手に面していた。その門前で参詣の人びとを相手に墨堤の桜の葉を塩漬けにしたもので巻いた餅を売り出したのは、享保二年（一七一七）と言われる。それが江戸じゅうで評判になり、

「長命寺と桜餅」

は切っても切れない間柄になった。だから、弘福寺とは内証がまるで違った。

「朝の勤行も果たしておらぬようでは、檀家の方々も愛想を尽かそう。もっとも

そのお蔭で駿太郎が剣道場に使わしてもらうことになった」

「仏具なし、ご本尊なしですものね、もう寺とは呼べません」

「そなたの家も檀家かな」

「その昔はそうでした。ですが、長命寺さんで商いをさせて貰っているのです。宗旨替え致しました」

女将がさばさばとした口調で言った。

「でも、昔の檀那寺です、気になって節目節目にはお参りにくるのですが、来るたびに仏具が一つまた一つとなくなっていくのが哀しいですよ」

「倅どのを産んだ内儀が亡くなったゆえ、張りを失ったのかのう」

「それはもはや二十年前のことです。理由にはなりません」

と言った女将が奥を覗く振りをして、

「昨日、妙な男たちがうちにきて弘福寺さんのことを聞いていきました」

「草相撲崩れの大男どもではないか」

「おや、赤目様、承知の方ですか」

「あのような半端者には知り合いはおらぬ」

小籐次は昨日の騒ぎを語り聞かせた。

「おやおや、面倒に関わりましたね、酔いどれ様も」

「隣りの寺の難儀だ、致し方あるまい」

「あの者たち、横川に船を泊めているんですよ」

「ほう、大雨の中を安房館山からやってきたか」

「なんでも難儀して江戸に辿りついたようですよ」

「倅の話はしていなかったか、女将」

「智永さんがどうかしたんですか」

「いや、話してなければよい」

と応じた小籐次が、

「女将、そなたの店でも包丁は使おう。研がせてくれぬか。いや、商いに行けぬゆえ、腕が鈍らぬように研ぐ包丁だ。お代など要らぬ」

「御救小屋《おすくいごや》に六百両の大金を寄進した赤目様らしい言葉ですね、それでは商いにはなりませんでしょう」

「一家三人と百助《ももすけ》とお梅に、クロスケが暮らしていければよい」

「酔いどれ様の研ぎの評判は聞いて知っております。でも、うちの包丁などは研いで頂けまいと思うておりました。早速小僧に持ってこさせます」

女将がなにがしか賽銭箱に銭を入れて長命寺門前へと戻って行った。

「父上、稽古をつけて下さい」

駿太郎の願いに小籐次は竹刀を手にして仕太刀を勧めた。どれほどの時が過ぎたか。

「おお、すげえや。駿ちゃん、やるな」

という声に小籐次は、竹刀を引いて本堂下を見た。

手に包丁を数本持った小僧が駿太郎に稽古をつける小籐次を見ていた。

「ああ、安吉さん」

駿太郎は知り合いか、同じ年ごろの小僧に声を返した。

「駿ちゃん、おめえのお父つぁんは、剣術の達人だってな。駿ちゃんだって負けてねえぜ」

「安吉さん、今のは父上が手加減して私に教えているんです。本当の勝負ではありませんよ」

「そうか、稽古をつけてもらっているのか」

と言った小僧の安吉が小籐次に、

「女将さんが包丁だって」

と階を上がって差し出した。

「駿ちゃん、うちでも久しぶりに桜餅を作ったんだよ。これも女将さんが駿ちゃんたちにって」

こんどは懐から竹皮包みを差し出した。

「桜餅だね」

「ああ、食べなよ。包丁を取りに来るときさ、また女将さんがくれるってよ」

「ありがとう」

駿太郎が安吉から竹皮包みを受け取った。用事を済ませた安吉はお店《たな》へと戻っていった。

「父上」

「腹が空いたか、食べよ」

「はい」

と駿太郎が答えたとき、

「ううう っ、頭が痛い、ずきずきする」

と言いながら瑞願が本堂に姿を見せた。

「おお、山本屋の桜餅か、一つ頂戴しよう」

と言うや否や瑞願の手が伸びて、桜餅を一つ駿太郎の持つ竹皮包みから奪い取り、むしゃむしゃと喰い始めた。

「二日酔いの頭でも食い気だけはあるか」

と小籐次が呆れ顔で瑞願を見た。

四

翌朝、小籐次と駿太郎は、望外川荘から湧水池の船着場に向う林の折れ枝の片付けを始めた。

仕事に出ようにも大風で折れた枝が重なって船着場への道が塞がれていた。そこで天気が回復したと思えた本日の早朝から鉈《なた》や斧を持って、望外川荘の納屋に住まいして奉公する下男の百助と三人で片付けることにしたのだ。

大風で折れた枝は、松、櫟《くぬぎ》、紅葉、椿、柿など雑多で、大きな枝は径が四寸はあった。むろん枯れ松の枝が風に煽られて落ちたのだ。

小籐次が鉈を持ち、小枝を払った。その太枝を駿太郎が斧で切り分けた。百助は、切り分けた枝を明地に積んでいった。

秋じゅう乾かせば煮炊きや風呂の薪になろう。

昨日よりもからりとした陽射しで、まるで夏の盛りのような暑さが一段と激しくなって戻って来た。

作業を始めて一刻も過ぎたころか、

「おお、三人して精を出しておられるわ」

「よし、われらも助太刀致そうか」

と庭から声がして、森藩江戸藩邸勤番の徒士《かち》組《ぐみ》七石二人扶持《ぶち》の創玄一郎太と田淵代五郎が姿を見せた。

二人は藩主の許しを得て赤目小籐次の剣術の門弟になったのだ。ところがこの大風大雨で稽古に来ることができず、十数日ぶりに姿を見せたのだ。

「ああ、一郎太さんと代五郎さんだ」

門弟仲間の駿太郎が嬉しそうな顔をした。

二人は大刀を母屋に預けてきたとみえ、腰に脇差だけの稽古着姿であった。

「お師匠、われら二人、長雨とは申せ、稽古を休みまして申し訳ございません。いえ、あの雨の降り始めも出かける覚悟で隅田川までやってきたのですが、どこもが橋渡しも舟渡しも禁じられておりまして、どうすることも出来ませんでした」

　と創玄一郎太が言い、

「赤目先生、われら、小降りになれば直ぐに川まで様子を見に参ったのですが、永代橋を除いて橋が使えるようになったのは、本日のことでございました。入門の折、師匠にいかな雨風も稽古欠席の理由にはならぬと釘を刺されながら、十数日も休み、言い訳も立ちませぬ」

　と代五郎が言い添え、二人して頭を下げた。

「一郎太さん、代五郎さん、父上も分っておいでです。こたびの秋雨は風を伴い、いつまでも降り続きました。お屋敷は大丈夫でしたか」

「駿太郎さん、上屋敷はさほどの被害は出ておらぬようですが、赤目様がおられた下屋敷は雨漏りが酷くて、この十数日、藩邸の者は桶と雑巾を持ってうろうろして、まともに横になって休めなかったそうです」

　一郎太の言葉に、小籐次は森藩下屋敷に長いこと大工や屋根職人の手など入っていないことを思い出していた。

　梅雨になれば小籐次が屋根に上がらされ、屋根瓦を替えたり、つなぎ目に棕櫚《しゅろ》の葉や泥を詰めたりする程度の手直しだった。

「そうか、下屋敷はそれほど酷いか。あれは一度屋根職人に見てもらわねば、どうにもなるまい」

「と、高堂《たかどう》用人も上屋敷で訴えられたそうですが、先立つものがないの一言で退けられたそうです」

小籐次は高堂伍平《ごへい》の困惑顔が目に浮かんだ。だが、旧藩のことだ、藩を勝手に離れた小籐次がどうするわけにもいかなかった。

「一郎太、代五郎、この休みの間、そなたらはどうしておった」

小籐次の問いに代五郎が、得たり、という表情を見せた。

「われら、藩邸の雑務の合間に道場に立ち、二人だけで稽古を積んでおりました」

「いえ、師匠、真のことです」

小籐次が二人の顔を交互に見て、

「だれが虚言《そらごと》と言うた。怠けておれば、あとで直ぐに分るわ」

と言った。

「近習頭《きんじゆがしら》の池端《いけはた》様に須崎村に稽古に参りますと挨拶に出向きますと、池端様が『赤目様にくれぐれも宜しゅう伝えてくれ、近々ご挨拶に参る』との言付けにございました」

「ああ、それから、『望外川荘も雨で傷んでおるやもしれぬ、そなたらが手伝えることとあれば、泊まりがけで手伝ってこい』との命もございました」

一郎太と代五郎が口々に言った。

「なんですって、泊まりがけの稽古ですか」

駿太郎が喜んだ。

「駿太郎さん、だけどこの庭の具合では稽古は無理ですね」

「代五郎さん、それが」

駿太郎が望外川荘の西側の寺の屋根を指し、弘福寺が道場として使えるようになったことを説明した。

「おお、望外川荘に道場が出来ましたか。寺なれば天井も高いでしょう」

「唐寺《からでら》ですから天井は高いです。仏具もご本尊もありません。だから広さも十分あります」

「そいつはなによりのことだ。代五郎、当分、われら、こちらで寝泊まりして手伝いやら剣術修行やらを続けようか。駿太郎さん、いいですよね」

と一郎太が駿太郎に聞いた。

「父上はうんと申されるに決まっております」

小籐次の考えなど抜きにして、駿太郎との間に一郎太と代五郎の泊まりがけの修行が決まった。

「駿太郎、おりょうに尋ねてみよ。男が二人加わると食い扶持もかさもう」

それでも小籐次が台所を気にした。

「赤目様、ご安心下さい。芝口橋の久慈屋に立ち寄り、望外川荘の赤目様になんぞ言付けはないかと大番頭どのに尋ねましたところ、『店はなんの差しさわりもございません。ですが、長屋の新兵衛なる者がいささか調子を狂わせておると伝えて下さい』との言葉でした」

「そうか、新兵衛さんがのう」

新兵衛のことは小籐次らが一番気掛かりなことだった。

「桂三郎さんやお麻さんやお夕姉ちゃんが困っておりますね」

駿太郎も新兵衛の加減を案じた。

新兵衛長屋の元の差配の新兵衛の呆けは数年前に始まり、近ごろでは体調や天候に左右されて機嫌が悪かったりよかったりした。それだけに十数日も風雨で家に閉じ込められていては、新兵衛の気持ちがよくないのは容易に想像がついた。

「舟が出せるならば今日にも見舞ってこよう」

「赤目様、流木やらなにやらで濁った流れは、とても舟など出せません」

と一郎太が即答した。

「そうか、未だ無理か」

「おお、そうだ、忘れておった。久慈屋からお米やら野菜やら魚やら甘味まで預かって、われら二人で背に負ってきました」

と一郎太が言い出した。

「そなたら、食い扶持つきか。おりょうも泊まるのを断わるわけにもいかぬな」

と呟いた小籐次は、

「よし、まず船着場までの道を片付けるぞ」

二人が加わり、一段と作業が進んだ。

豊後森藩の家臣とはいえ、二人は七石二人扶持、小籐次が下屋敷で頂戴したりしなかったりしていた給金とさほど変わらない待遇の身分だ。国許に居るときは、城勤めより野良仕事などをしていたと見えて、二人して手慣れたものだった。

昼前には片付いた。

小舟を船着場の水に戻し、舫い綱でしっかりと止めた。

湧水池の水位も未だ普段より一尺数寸は高かった。

「よし、昼餉に戻ろうか」

小籐次の言葉に手拭いで額の汗を拭う一郎太が、

「庭の片付けは昼餉のあとに致します」

と言った。

「われら三人では一日はかかると覚悟しておった。そなたらの助勢で思いの外早く済んだ、一郎太、代五郎」

「父上、助かりました」

五人は道具を手に林の道を不酔庵の傍らに出た。

庭には燦々《さんさん》とした陽射しが照り付けていた。だが、野天道場は、地面がぐちゃぐちゃだった。

母屋の縁側には、おりょうやお梅の姿があって、すでに昼餉の仕度が出来ていた。

「母上、お腹が空きました」

「駿太郎は満腹のときはあるのですか」

おりょうが笑いかけ、

「おまえ様、おまえ様、久慈屋さんから品々頂戴致しました。昼はお握りですが、夕餉にはなんぞ馳走を考えます」

「一郎太と代五郎は食い扶持を持って稽古に来たようだな、池端どのから泊まりがけで望外川荘を手伝ってこよと命じられたそうな」

「賑やかでなによりです」

クロスケが沓脱《くつぬ》ぎ石の上に横になり、久しぶりの陽射しをのうのうと浴びていた。

「クロスケめ、虫干しでもしておるつもりか」

「クロスケも体の芯から雨に湿気っていたのでございましょう。最前からこの陽射しを浴びて満足そうです。おまえ様方は井戸端で手足を洗っておいでなされ」

おりょうに命じられた五人が井戸端に向った。しばらくして井戸端で手足と顔を清めた男たちが戻ってきて、縁側で七人での昼餉が始まった。

「ああ、この握りには梅干しではないぞ、鰹節《おかか》が入っておる」

駿太郎が喜びの声を上げた。

「久慈屋さんから頂戴した一つですよ。久慈屋さんにお礼を申しなされ」

おりょうの言葉に握り飯を手に腰かけていた縁側から立ち上がり、久慈屋のある南西の方向に向って頭を下げ、

「ご馳走になります」

と礼を述べた。

「おりょう、森藩の上屋敷はさすがに不都合ないようだが、わしがいた下屋敷は、雨漏りが酷かったようだ」

「長屋は板屋根が多いゆえ、雨漏りも致しましょうが、大名家の下屋敷で雨漏りですか」

「国許と江戸での二重の暮らしの上に参勤交代で費えがかかる。となれば、一万二千五百石の小名では下屋敷の手入れまで行き届くまい。わしが居た折も大雨になれば桶を持って屋敷じゅうを走り回っておったわ」

「なんとまあ」

とおりょうが言葉を失い、呆れた。

「うちは安心ですね、何年か前、久慈屋さんが手を入れられたときに藁《わら》で葺き直されたものですからね」

とお梅が言った。藁屋根の葺き替えは、近隣の住人の共同作業だ。お梅も承知だった。

「そうか、久慈屋さんが藁屋根の葺き替えをなされたか」

「藁葺きは、夏は涼しく冬は暖こうございますよ。それがし、瓦葺きの屋敷が並んでいる風景を初めて江戸に来て見ましたが、藁葺きのほうが断然いいな」

と一郎太が言った。

小籐次は大雨になって望外川荘が藁葺き屋根であることに改めて気付かされた。

「母上、もう一つ下さい」

駿太郎が握り飯を願った。

「いくつめです」

「まだ三つ目です」

と駿太郎が答えたとき、泉水の向こう側に人影が飛びだしてきて池を巡りながら、

「駿ちゃん」

と呼ばわった。

「安吉さん、どうした」

握り飯を手にしたまま駿太郎が縁側から立ち上がり、安吉を迎えに行った。

小籐次は二つ目の握り飯を食し終わり、茶碗の茶を啜った。小籐次は分っていた。昨日の面々が弘福寺に戻ってきたのであろう。

「父上、お寺に昨日の男たちの他に四人の侍が戻ってきて、寺に居座る様子だそうです」

桜餅屋の小僧は、小籐次が推測したことを知らせに来たのだ。

「師匠、なにがあったのです」

一郎太の問いに小籐次が手短に説明した。

「なんとわれらの道場が賭場になるのか、それはいかぬな。ひと働きするか、代五郎」

一郎太が立ち上がった。

「父上、ゆっくりとお出で下さい。三人で済むかもしれませぬ」

駿太郎が言った。

小籐次の背丈をすでに二寸余は越えていた。とはいえ、まだ十一歳だ。昨日は相手が子どもと思い、油断していた。今日は最初から相手が何者か承知の上で助っ人を連れてきたのであろう。

「油断をするでない。まずは相手の力を見抜くのじゃぞ」

と注意する小籐次の前で、駿太郎ら三人は縁側においてある木刀をそれぞれ携えることにした。

「駿ちゃん、おまえのお父つぁんは行かぬのか」

と安吉が案じた。

「父上は、あとから参られる。まずわれらが応対してみよう」

駿太郎は十一とはいえ、物心ついたときから小籐次の潜り抜けてきた修羅場を見て育ってきたのだ。ただの十一ではなかった。

また創玄一郎太も田淵代五郎も須崎村の赤目小籐次門弟として入門して、厳しい稽古の日々を経て、腕を確実に上げていた。

その三人が安吉の案内で弘福寺に向うと、本堂の中から怒鳴り声が聞こえた。

「昨日は油断した。今日はそうはいかねえぜ、和尚、この書付に名を記しねえ」

張り手の草五郎の声だ。

「寺は本寺からの預かり物だ、愚僧が勝手に処分できるものか」

「なあに売り飛ばそうというんじゃねえ、賭場に借り受けてよ、寺銭がおめえの懐に入り、兄弟寺に寄進すれば館山だって文句は言うまい」

「いや、それが」

「なんだ」

と張り手の草五郎が叫び返したところに、

「怪我の具合はどうです」

駿太郎が本堂の階に草履を脱いで上がって行った。一郎太も代五郎も続いた。

安吉だけが本堂前に残り、いつでも逃げ出せる構えを見せた。

「てめえは」

「草五郎さん、今日はお侍がお供ですか」

駿太郎が笑いながら、ご本尊のない仏壇の前に腰をかけた四人の侍を見た。

一応武芸者の面構えをした四人は、金で腕を買われて身過ぎ世過ぎを渡っているのだろう。

「昨日は油断した」

「竹の刃で斬れた傷はなかなか痛みます。大事にしたほうがいいですよ、張り手の草五郎さん」

駿太郎の言葉に用心棒稼業の武芸者の頭分が、

「おい、この餓鬼に怪我を負わされたのか」

と草五郎に尋ねた。

「妙な竹とんぼにいきなり手を斬り割られたんだ」

「相手は二人というたが、三人ではないか」

といいながら仲間の三人に相手をするように顎をしゃくり上げた。

三人が立ち上がり、剣を抜いた。なかなか喧嘩慣れした動作だった。

「お相手します。流儀を聞いておきましょうか」

駿太郎が三人の真ん中の者の挙動を見ながら言った。

「小僧が、一人前の口を利きおって。われら、東軍流の免許皆伝ぞ。小僧に流儀があるか」

「来島水軍流です」

「田舎剣術か」

と三人の一人が蔑み笑いをしたとき、

「待て」

と頭分が言った。

「その方の名はなんという」

「赤目駿太郎です」

「赤目じゃと、酔いどれ小籐次と関わりがあるか」

「父です」

重い沈黙が弘福寺の本堂を支配した。

「止めた」

と大声で宣言した頭分が腰を下ろしていた仏壇から立ち上がり、

「どうした、伊吹どの」

と一人の配下が尋ね返した。

「あとで話す、刀を鞘に戻せ」

と命じた伊吹と呼ばれた頭分が、駿太郎らを避けるようにさっさと本堂の階を下りて、安吉が慌てて横に逃げた。

「伊吹どの」

と三人が頭分の後を追っていき、隅田川の土手道へと姿を消した。

ふわっははは
瑞願の高笑いが本堂に響き渡り、

「坊主、倅がどうなってもいいんだな」

と張り手の草五郎が怒鳴り返し、

「煮るなり焼くなり勝手にせえ」

と瑞願が言い返して一場の戦いは始まる前に幕を下ろした。

第二章　本堂道場

一

駿太郎、創玄一郎太、田淵代五郎の三人は、弘福寺の仏具のない道場でのびのびとした動きで稽古を続けた。
指導役の小籐次はおらず三人だけが順繰りに打ちかかり、何合か打ち合いのあと、次の者と交代するやり方で稽古は続いた。
いつもは一番小さな小籐次がまるで寺の床板に根が生えたように動かず、三人の攻めを丁寧にはじき返し、動きや竹刀の扱いの欠点を告げ、ときには曲がった肘や体の構えの悪い箇所を、
ぽーん

と叩いて指摘した。

だが、その小籐次はいなかった。ために弘福寺の向田瑞願和尚は、本堂の入口付近に座して、

「ほうほう、若い衆もう一息じゃぞ」

とか、

「駿太郎、踏み込みが足りぬな」

とか一丁前の批評を加えた。

だが、稽古の三人にはそんな余計な言葉は耳に入ってこず、ひたすらに稽古に没入していた。

表には強い陽差しが照り付け、長雨で濡れそぼった大地から靄《もや》のようなものが立ち上っていた。

風はない。だが、秋が深まったというのに暑さは残っていた。陽射しを避けられるだけでも本堂道場は有難かった。

張り手の草五郎は伴ってきた四人の用心棒侍が戦いもせずに逃げ出したのを見て、本堂の階から飛び降りて山門に待つ四人と言い合いになった。そこへ小籐次

が姿を見せ、本堂の稽古の模様と山門の様子を眺めた。

「てめえら、銭だけ貰って用立たずか」

草五郎が小籐次の出現に気付かず怒鳴った。

「貰った銭は戻してもよい」

と四人の頭分が言った。とは言うものの頭分は金子《きんす》を返すそぶりは全く見せなかった。

他の三人は訝しい顔をしていた。

「てめえら、剣術家《やっとうや》だろうが、銭を返すだと」

張り手の草五郎が用心棒の頭分に言った。

「相手が『御鑓拝借』の赤目小籐次だとなぜ最初に言わぬ。江戸じゅう探しても酔いどれ小籐次相手に斬り合いをする馬鹿はどこにもおらぬわ。わずか一人頭二両の金子でだれが命を投げ出す。赤目小籐次は、一首《ひとくび》千両の値がついた兵だぞ」

「待て、あの爺がか」

用心棒の一人が驚きの顔で境内に佇む小籐次を見て、頭分に聞き返した。

「そなたら、赤目小籐次がだれかも知らずして喧嘩を吹きかけたか」

瑞願和尚が嬉しげな顔で話に割り込んだ。

「喧嘩など吹きかけた覚えはない。寺を賭場にしようとしたら、爺と餓鬼が邪魔に入っただけだ」

と応じた張り手の草五郎がようやく小籐次の姿に視線をやった、未だ疑念の眼差しだ。そして、

「ほんとのことか。あの爺がその酔いどれ小籐次とかいうのは」

と用心棒らに念を押した。

「間違いない。わしは芝口橋で研ぎ仕事をしている赤目小籐次を見かけたことがある。あの齢と形《なり》に騙されて命を失った者は数知れずだ。なにしろ西国の大名四家を相手に独りで奮戦して勝ちを収めた古強者《ふるつわもの》だ。それを知っておれば、二両ぽっちで引き受けるのではなかったわ」

四人組の頭分伊吹某が吐き捨てた。

「くそっ」

と罵り声を上げた草五郎が、

「金を返せ」

と伊吹らに迫った。

「草五郎、最前の言葉は撤回致す。赤目小籐次様が何者か教えた代金に二両は受

け取っておく。いいか、おまえらもあのご仁には決して手を出さぬことだ」

小籐次を見て強気になったか、伊吹某は本堂前からこちらを見詰める小籐次に
剣術家らしくもなく、
ぺこり
と頭を下げて山門から姿を消した。

張り手の草五郎は、

(当てが外れた)

という顔で小籐次を見返した。

「諦めよ、でくの坊。おお、そうじゃ、そのほうの親分に寺の倅を返せと伝えよ。そうせねば赤目小籐次が安房館山城下に出向くとな」

「出向いてどうする」

草五郎が二日続けての屈辱に赤い顔をしながら怒鳴り返してきた。

「親分の名はなんであったか」

「上総の仁吉親分だ」

「半端者のヤクザの頭が仁吉じゃと、名が泣く。まあよい、仁吉の首が飛ぶと伝えよ」

「くそっ」

「弘福寺を賭場にするのは諦めたか」

「うちの親分の別名は蝮《まむし》の仁吉、しつこいんだよ。これで館山に戻って、寺はダメでしたというてみよ。おれは首に重石を付けられて安房の海に沈められるぞ」

「困ったな」

「八方塞がりだ。雨の中、命からがら江戸まで船で乗り込んでなんの手立てもないなんて言えるか。よし、智永がこさえた借財がわりにいくらかでも金をくれぬか、和尚」

泣きが入った張り手の草五郎が山門から掛け合った。

「草五郎とやら、見てのとおり仏具一つもない寺だ。賭場の前に赤目小籐次様に剣道場として無料で貸した。賭場に使いたければ、酔いどれ様に掛け合うことだ」

「その爺は江戸で名高い剣術家なんだろうが」

「愚僧向田瑞願が保証する、正真正銘の酔いどれ小籐次様だ。そなた、喧嘩の相手を間違えておるぞ。ついでにおまえの代わりにうちの馬鹿息子を安房の海に沈めるならば早々に沈めよ、一向に構わん」

小籐次の言葉を聞いた瑞願までが強気になって言い放った。

このとき、小籐次は瑞願の姓が向田と知った。

張り手の草五郎は山門下で包帯をした手を同色の晒しで吊って考え込んでいたが、

「親分に相談してくる。それ次第ではまた押しかけてくるぞ。親分は手強いからな、覚えておけ」

「安房館山に戻るのか」

「おお」

「寺の倅は館山か」

「おお」

草五郎は小籐次の言葉に素直に応じた。

「上総の仁吉自ら江戸へ来るのならば、赤目小籐次に手土産代わりに寺の小倅を伴ってこよと伝えよ」

「そんなことが親分に言えるか」

「草五郎、話からすべて物事は進むものだ。酔いどれが申していたと伝えよ。さすれば上総の仁吉の度量が分るわ」

「どりょうって、おまじないか」

二日続けての負け戦の草五郎が山門から姿を消した。

三人を相手にした小籐次の指導が始まった。それが一刻ほど続き、

「よし、止め」

との声が小籐次から掛かった。

駿太郎は当然のことながら、一郎太も代五郎も弾む息はしていなかった。

長雨の間も森藩江戸藩邸の剣道場で稽古を続けていたというのは嘘ではないらしい。

「一郎太、代五郎、どうだ」

「久しぶりの師匠の指導、今一つ体が動きませぬ」

一郎太が応じたが、どことなく最後まで稽古を続けられた満足の様子があった。

弘福寺の本堂稽古は、七つ（午後四時）過ぎで終わった。

駿太郎、一郎太、代五郎の三人は望外川荘に戻って庭の掃除を始めた。

小籐次を引き留めた瑞願和尚が、

「智永は、無事かのう」

真剣な表情で尋ねた。なにやかにやいっても親だ、内心では不安に思っていたのであろう。

「弘福寺の本山の兄弟寺は館山城下にあるのじゃな」

「黄檗宗の名刹《めいさつ》じゃによってなかなかの寺だ」

「ならば上総の仁吉も坊主崩れの倅をそう酷い扱いはすまい。まあ、命は大丈夫と見た。ただし、仁吉がこの次、ここに来るときはそれなりの覚悟で参ろうな。その折が勝負だな」

小籐次の言葉に向田瑞願和尚が大きく頷いた。


次の日、稽古は駿太郎ら三人に任せて、小籐次は小舟を半月ぶりに湧水池の船着場から隅田川へと出した。

未だ濁流が流れていたが、もはや流木などは見えず流れも穏やかになっていた。だが、普段よりだいぶ水位が高く、いつも水上から見る景色とは違って見えた。

小籐次は小舟を吾妻橋の手前で源森川へと入れた。

本所深川一帯に水が上がったと聞いていたからだ。源森川もいつもとは違い、両岸の夏草が水に浸かって倒れていた。だが、水が土手を越えた気配は見えなかった。

源森川は六、七丁先で横川へと結ばれている。横川の北側の橋、業平橋を潜った途端に浸水の跡が見えた。

どこの家もようやく引いた水に、品物やら畳やらを運び出していた。横川に舫われていた荷船が岸辺に未だ上がったままだ。

お店や長屋が水に浸かった人々は黙々と後片付けをしていた。

そんな両岸の悲惨な光景に目をやりながら進んでいくと、法恩寺橋で小籐次を見知った顔か、

「おーい、酔いどれ様よ、またよ、御救小屋を造ってくれないか」

「それは町奉行所の勤めじゃ。研ぎ屋の爺には出来ぬ話よ」

「去年暮れは六百両も町奉行所に差し出したじゃないか」

「あれは、なにを間違えたか、わしを生き神様と勘違いした連中が賽銭に上げた金子じゃ、わしが稼いだ金子ではないわ。今日から研ぎ仕事と思うてきたが、こりゃ、研ぎどころではないな」

「仕事か、当分無理じゃな」

と岸辺の男が小籐次に言った。

小籐次は本所の浸水の被害に目を止めながら、張り手の草五郎の船らしき姿を探した。だが、言葉どおりにいったん安房館山に戻ったのか、そのような船は見かけなかった。

横川の南端の大栄橋を潜った小籐次は、仙台堀へと続く水路へ小舟を入れた。

水路の左は木場だ。

多くの職人たちが流された材木を拾い集めて木場へと戻していた。

長門萩藩の町屋敷の西側を南へと曲がり、さらに三十三間堂から富岡八幡宮、永代寺へと進むと、深川で代々惣名主を勤めて来た三河蔦屋《みかわつたや》の船着場が見えた。

すると三河蔦屋の主船頭の冬三郎《とうざぶろう》が、

「おお、酔いどれ様、須崎村はどうだったえ」

と声をかけてきた。

「うちは庭木の枝が折れた程度で大した被害はなかった。三河蔦屋さんはどうだね」

「うちは深川でも高い場所に屋敷がありますからな、水なんぞは入りませんでしたが、この界隈の低地はすべて水に浸かりましたよ。今日になっても水が引かないところもあるくらいだ」

「本日は研ぎよりも得意先がどうしておるか、見舞いに来たところだ」

「十三代目がいつもぼやいておいでだよ、酔いどれ様は蛤町《はまぐりちょう》裏河岸まで来るのにうちには顔を見せないとね」

「三河蔦屋さんに被害がないとなればまずは先に得意先の様子を聞いてこよう。十三代目染左衛門様には、冬三郎さん、そなたから詫びておいてくれぬか」

と言葉を返した小籐次は、右に曲って黒江町に入り、いつも小舟を着ける深川蛤町裏河岸へと入れた。すると角吉《かどきち》の野菜舟が泊まっていて女衆が野菜を買いに来ていた。

「おお、小籐次様だ、いつもとは来る方向が違うな」

と角吉が目敏く小籐次を見つけて言った。

「どうだな、皆の衆」

「雨かい、言いたくないが一、二年雨はなしにしておくれ。うちの長屋は、水に浮いていたよ」

一人の女客が言うと、次から次へと雨への恨みつらみの言葉が吐き出された。

「雨風ばかりは人の力ではどうにもできぬでな、致し方あるまい。この長雨で刃物が錆びておろう。本日は研ぎ代はなしだ、家の刃物を持ってこられよ」

と小籐次が言うと、

「払いたくともお銭《ぜぜ》がないよ、食いものがまず先だ」

と客の一人が答えた。

「それでよい」

小籐次が答えたところに竹藪蕎麦の美造《よしぞう》親方がどこで小籐次の小舟を見かけたか、小脇に商売道具の蕎麦切り包丁などを抱えて姿を見せた。

「生きていたか、酔いどれ様」

「くだくだと不平不満を言いながらも生きておった。体の芯まで濡れそぼった感じだな」

「望外川荘は広い屋敷だ、雨漏りなんぞはすまいな」

「こんどばかりは藁葺き屋根が雨に強いとよう分った。だがな、隅田川の流れに舟を出したくても、ああ流木なんぞが流れてきてはな」

「酔いどれ様も雨には敵わないか」

「話にもならぬ。ひたすら雨が上がるのを待っておった。親方の店はいつから開けたな」

「今日から店開きしたところだ」

「よし、手始めに親方の道具の手入れをさせてもらおう」

小籐次は大物の蕎麦切り包丁から研ぎ仕事を始めた。馴染みの場所で見知った顔を見ながらの仕事だ。直ぐに研ぎ仕事に没頭し、時が経つのを忘れていた。

美造親方の道具の手入れが終わった。

角吉の野菜舟も一段落ついたか、客足が絶えていた。

「平井村はどうだったな」

「今朝だって中川を横切るのが怖かったぜ。秋野菜だって雨でどうにもならないや、だけどな、雨で野菜はありませんじゃ、得意様にすまねえからって、親父がいうからさ、ありったけのものを積んできたんだが、あっ、という間にはけちまった」

江戸時代、古利根川の下流部を中川と呼んだ。角吉の住む平井村は中川の左岸にあった。整備された現在の中川とはいささか流れが違う。

「なによりだ」

小籐次は竹藪蕎麦の刃物を古布《ふるぎれ》に包むと、

「角吉、昼餉に蕎麦を食わぬか」

「いいな」

小籐次と角吉はぎりぎりまで水位が迫った船板を渡り、河岸道に出た。

「本日は貸し切りじゃ、客はとらぬ」

と叫ぶ声が竹藪蕎麦から聞こえてきて、商人風の若い男が店から追い出されたか、ぶつぶつ言いながら出てきた。すると、美造親方の声が最前の喚き声に代わって叫び返した。

「親方のおれがなにも言わねえのに店を貸し切りだと。どさんぴんめ、うちはそんな無体な客は取らないんだよ。出ていきやがれ」

ふむふむ、と小籐次が言い、角吉が呟きを止めて店を未練げに振り返る若い男に、

「兄さん、無法な客は侍ですかえ」

「この界隈の屋敷奉公の侍かな、いや、浪人者だろうな。五人して大雨の憂さを晴らそうと酒を頼んで、えらい勢いですよ」

と角吉に答えた。

「蛤町裏河岸にだれが出没するかしらねえ田舎侍か」

角吉がにたにた笑い、

「酔いどれ様、出番ですよ」

と言った。

「角吉、わしは町役人ではないぞ」

「町役人でないのは承知のことですよ。つい先ごろもうちの姉ちゃんの前で大立ち回りをしたばかりじゃないか。ここは一番、あんときのさ、再現だ」

「また読売に書かれて当分仕事ができぬことになる。わしは引き下がろう」

「ほれよ、親方が店の中から呼んでいるよ」

角吉が小舟に引き返そうとする小籐次を引き留めた。見ると竹藪蕎麦の中から美造がにんまりと笑い、

「やいやい、うちをそんじょそこらの蕎麦屋といっしょくたにするねえ。うちの出入りの研ぎ師の名を聞いて、てめえら、小便ちびらすな。店を貸し切りだの、四斗樽で酒を出せだの、御託が未だ並べられるか」

と息巻いた。

「ほう、面白いな。研ぎ屋がどうしたと言いおったか、研ぎ屋とは何者だ。江戸では研ぎ屋がそれほどえらいのか」

と別の声がした。

「それより酒だ」

「おめえらに出す酒はねえ」

美造親方の声が一段と大きくなった。

「江戸の研ぎ屋がそれほどえらいかだと、このお方はどなたと心得やがる。天下に名高い『御鑓拝借』、『小金井橋十三人斬り』の猛者《もさ》、古強者の酔いどれ小籐次様だぞ」

「なに、赤目小籐次がこの界隈に出没するのか」

言葉に恐れが混じった。

「町村様、虚言に決まってます。蕎麦屋風情め、われらにこけおどしが通ずると思っておるのです。なんとも愚かですぞ」

「蕎麦屋風情と抜かしたな。表を見ねえ、あのお方は何様だえ」

美造が表を指し、最前から怒鳴っていた男が、困惑の体で立つ小籐次を見た。

「ああー、ほ、ほんものの、あ、赤目小籐次」

「な、なに、酔いどれ小籐次がおるのか」

もう一人が立ち上がり、いよいよ目の遣り場もないといった小籐次を見て、

「ほ、本物じゃぞ」

と叫ぶと、

「ご免、拙者はこれにて」

と一人が竹藪蕎麦から飛び出してきて、小籐次の前を避けるようにして逃げ出した。続いて三人がこそこそと出てきて、中にはぺこりと小籐次に一礼する者もいた。

「おい、町村、てめえは独り残って赤目小籐次様と勝負をするか。おれが行司役を勤めてやろうじゃねえか」

美造親方の啖呵に町村某がゆっくりと店を出て、そして、黴菌《ばいきん》でも避けるように小籐次を遠巻きに蟹の横歩きで遠ざかり、最後には脱兎の如く仲間を追って姿を消した。

はっはは

美造親方の高笑いが蛤町裏河岸に響いて、小籐次は身の置きどころがいよいよなくなった。

二

小籐次は美造親方が作った蕎麦を前に黙って箸を手で弄《もてあそ》んでいた。一方、角吉は凄い勢いで啜り込んでいた。

「どうしたえ、おれの作った蕎麦が気にいらないか」

「そうではない」

小籐次が溜息とともに洩らした。

「じゃあどうしたよ」

うむ、と応じた小籐次が箸を右手に揃えて持って言い出した。

「このところ、わしの名を聞いただけで逃げ出す輩が増えておるようだ。わしは最前のような輩に嫌われるのはかまわんが、ああ、こそこそと逃げ出されてもな、気分が滅入る」

思いがけない言葉を聞いたという表情で、じいっと小籐次を凝視していた美造が、最前の高笑いより派手に笑い転げた。

小籐次はそれを悩ましそうに見返した。

「それほどおかしいか」

美造は腹を抱えて笑い続けていたが、

「おかしいもなにもあるものか、これほど傑作な話があるか」

と言った。

その間に角吉は蕎麦を食い終え、

「酔いどれ様、腹が減ってないのならおれが食べようか」

と言った。

小籐次は黙って丼を角吉の前に押し出した。

「いいのか、おれが食べて」

「おお、角吉さん、食べろ食べろ。酔いどれ小籐次は病だよ」

「えっ、病ってどうしたな」

「ふだんはよ、悪人めらにかまわれることを嫌がっているくせに、今日のように相手が赤目小籐次の名を聞いてなにもせずに逃げ出すのを見ると、寂しいとさ、気が滅入るとさ、そんな病だ」

「ふーん、そんな病があるんだ」

角吉はそういうと二杯目の丼を持ち上げた。

美造親方が小上がりに腰を下ろし、

「いいかえ、それだけ酔いどれ様の武名が江戸に知れ渡ったということだ。いいじゃねえか、悪人どもがおめえ様の名を聞いただけで震えて逃げ出していくのはよ。蚊やりか、火事除けのお札みたいなものだ。それで世間の役に立つなら、これ以上の話はあるまい。そうだ、富岡八幡宮に掛け合ってよ、赤目小籐次の『悪人封じ』のお札をこさえさせてよ、ひと儲けしようかな」

と本気で言い出した。

「止めてくれ。騒ぎのタネをこれ以上まき散らさんでくれぬか」

「そうだな、悪人ばらがおめえ様の面を見ただけでよ、逃げ出すとなると瓦版屋も書きようがねえ、ということは売りようがねえということだ」

「そうなれば万々歳じゃがのう、そうなるかのう」

小籐次がなんとなくいつもの顔を取り戻し、言った。

「腹が減った」

「だって酔いどれ様がおれに食っていいというからよ、もう半分食ったぜ。戻そうか」

「食い掛けはいらぬ。親方、もう一杯拵えてくれぬか」

「おお、おめえ様が元気になるならば何杯でも蕎麦を作るぜ」

美造が小上がりから立ち上がり、調理場に入って行った。

「酔いどれ様、蕎麦を二杯も馳走になった礼だ。姉ちゃんのところの親方に仕事をもらってこようか」

角吉が気にしたか言った。

「いや、本日は大雨見舞いでな、様子を見に来ただけだ。万作親方のところに大きな被害が出ておらぬのなれば、わしは蕎麦を食ったら芝口橋に参る。新兵衛さんの体調がこの長雨でおかしくなっているというでな、見舞いに行こう。本式な仕事は明日からだ」

小籐次がこの後のことを説明した。

「そうだよな、どこも後片付けで刃物の研ぎまで気が回らないよな。うちだって、品揃えが大変だ。おれも早く平井村に戻って明日の品を集めなきゃ、商い上がったりだ」

角吉が立ち上がり、

「親方、ご馳走になったぜ」

と奥に向って礼を述べ、竹藪蕎麦から姿を消した。

小籐次は独りになって、

ふうっ

と溜息を吐いた。

「名が知れ渡るのもよし悪しだな」

新たな蕎麦を拵えた美造が小籐次の前に丼を運んできた。

「頂戴しよう」

時が過ぎたせいか食欲も出てきたようだ。小籐次はゆっくりと蕎麦を啜り上げ、満足した。

「三杯分の蕎麦代だ」

小籐次が懐から巾着を出すと、

「おれも研ぎ代を払ってねえぜ。今日はよ、お互い差し引きということでどうだ。商いは明日からだ」

小籐次は頷き返して巾着を仕舞った。

「馳走になった」

小籐次が竹藪蕎麦を出ていこうとすると、美造が、

「赤目小籐次の鬱々した気分をよ、吹き飛ばす様に明日には悪人を何人か見繕って待たせておこう」

と宣《のたま》った。

美造が元気を出す様に言った言葉だと分ったが、

「余計なことはせんでよい」

と小籐次は、小声で言い返して店を出た。

大川河口から江戸の内海に茶色の模様が広がっていた。濁流が内海を濁した跡が未だ残っていた。

小籐次はその濁流を分けるように石川島の西側に入り、ひたすら茶色の内海を掻き分けて築地川河口へと突き進んだ。

刻限は、七つ過ぎになっていた。

おりょうが望外川荘を出る小籐次に、

「新兵衛さんの加減次第では長屋に泊まってこられませ。こちらは一郎太さんと代五郎さんがおられます」

と言ったものだ。

これから新兵衛長屋と久慈屋を見舞って須崎村に戻るとなると、夜になろう。未だ流れの中に流木などが混じっていることを考えると、

「泊まることになりそうだ」

と小籐次は覚悟を決めた。

築地川の水位はいささか普段より高かったが、すでにいつもの流れに戻ってい

た。

芝口新町の堀留に小舟の舳先《へさき》を入れると、堀留には雑多なゴミが浮かんでいた。

雨が止んで三日目だが、まだ復旧するにはだいぶ日にちがかかりそうだ。

新兵衛長屋の庭いっぱいに夜具や衣類が干されていた。

「おお、来たな。須崎村のお大尽」

勝五郎が目敏く小籐次の小舟を見つけて声をかけてきた。単衣《ひとえ》の裾を絡げて襷《たすき》がけで畳を裏返しにしていた。

畳も雨漏りなどで湿気ったのだろう。

「酔いどれ様、おめえ様の仕事場の畳も夜具も、昨日から今日の昼前まで干したから寝泊まりできるぜ」

「有難い」

と応じた小籐次が小舟を石垣に寄せながら、勝五郎に新兵衛の様子を聞いた。

舫い綱を受け取った勝五郎が、

「それだ。大雨の中、何度もよ、庭に出てきて桂三郎さんやお夕ちゃんが止めて、また出てこようとして大騒ぎだ、大変だったぜ。天気がいいなら大人しく独り遊びしているんだがな、困ったもんだぜ」

「で、今は落ち着いたか」

「ああ、落ち着くのは落ち着いたが、反対にしょんぼりしちまってこんどは家を出ないそうだ」

「庭がこれでは独り遊びも出来まい。どうだ、勝五郎さん、庭の地面が乾いたところでな、みんなで夕餉を摂らないか。新兵衛さんも元気を取り戻すんじゃないかのう」

「おお、酔いどれ様、泊まりがけできたか」

「おりょうが新兵衛さんの加減を気にかけてな、泊まるつもりできた」

「望外川荘は大丈夫か、駿太郎ちゃんがいるもんな」

「いや、それだけではない。旧藩の家来の門弟二人が泊まっておるで、あちらはなんの心配もない」

「よし、今日じゅうに畳を乾かしてよ、夕餉をみんなで食べる仕度をするぜ。火で焼ける鰯なんぞあれば景気がつくのだがな」

勝五郎が思案した。

「この長雨だ、魚河岸も休みであろう。平井村の秋野菜もだめになって品集めに苦労しておる。なにはなくともみんなが顔を揃えれば元気が出よう」

小籐次は井戸端の女衆に挨拶をしながら自分の長屋に向った。

勝五郎が面倒を見てくれたらしく、研ぎ道具もきちんと板の間の端に片付けられていた。また乾かされた畳は敷き直され、端っこに夜具が積んであった。

「手間をかけたな」

小籐次は長屋の戸口から勝五郎を振り返り、礼を述べた。

「本日の酒はそれがしが誂《あつら》えてこよう」

小籐次はそう言い残すと、どぶ板を踏んで木戸を出た。

差配の家からは錺職人の桂三郎と娘のお夕が仕事をしている音が聞こえてきた。

「早仕事かな」

戸を引き開けて玄関の左手にある桂三郎の仕事場を覗いた。親子が並んで仕事をしていた。

小籐次は、お夕の構えが段々とそれらしくなってきたことを認めた。

「ああ、赤目様。須崎村はどうでした」

お夕が小さな鑿《のみ》を手に顔を上げて小籐次に聞いた。

「望外川荘の庭木が風に折れ落ちたくらいで大した被害はなかった。だが、川はあの流れではな、今日ようやく小舟を出したが、本所深川の低地は、未だ水に浸かっておった」

「向こう岸は、埋め立て地にございますからね」

桂三郎も言った。

小籐次はちらりと視線を奥に向けた。

仏壇を背に新兵衛が所在なげに座っていた。

「長雨は、新兵衛さんにはよくなかったようだな」

「舅《しゅうと》には言い聞かせようがございません。致し方ございません」

ここ何年も新兵衛の呆けと付き合ってきた婿の桂三郎が応じた。

「それでな、勝五郎さんと話したのだが、本日の夕餉は長屋の庭で皆いっしょに食さぬか。新兵衛さんは賑やかなことが好きゆえ考えたのだ、どうだな」

「それはようございますな」

桂三郎がいうところに裏庭に干し物をしていたお麻が姿を見せて、

「望外川荘は宜しいのですか」

と小籐次に尋ねた。

「おりょうがな、こちらに泊まることを勧めたのだ。ただ今の流れでは夜舟で戻るのは却って剣呑だからな」

「赤目様が泊まるのならば、きっと長屋が活気づくわ。勝五郎さんなんか、仕事もせずにずっと後片付けですもの」

お麻も長屋じゅうで夕餉を摂ることに賛成してくれた。

「それがし、この足で久慈屋さんを見舞ってこよう」

と小籐次が去りかけると、

「おぬし、赤目小籐次をさけておるか」

と仏壇の前の新兵衛が小籐次に話しかけてきた。腰帯には孫の手をまるで刀のように差していた。

「おお、この意気ならば元気になった証かな」

と小籐次が呟き、

「赤目様、後ほどお話をさせてもらいますでな、ただ今はこれにて失礼致しますぞ」

赤目小籐次になったつもりの新兵衛に小籐次は言った。

「急ぎの用なれば致し方なし、改めて立ち合いを所望致す」

「決してこの赤目、逃げも隠れも致しませぬ」

と言いながら、小籐次は玄関の敷居を跨ぎ、

（新兵衛さんが赤目小籐次なればわしはだれだ）

とふと思った。

堀留から小舟で芝口橋に行くのを避けて徒歩で久慈屋へと向った。

久慈屋では店から蔵へと風を入れているらしく、戸という戸が開けられていた。

紙問屋にとって湿気は大敵だ。だが、一段落ついたのか、店の土間の片隅に難《なに》波《わ》橋《ばし》の秀次親分が茶を喫しながら、大番頭の観右衛門《かんえもん》と何事か話していた。

「おや、須崎村からお出ましですな、あちらでなにかございましたか」

秀次が小籐次に問いかけた。

小籐次は秀次に会釈すると、観右衛門に久慈屋のことを尋ね、大雨見舞いの品々の礼を述べた。そして、

「この大雨が異変といえば異変かのう。半月も外に出られなかった」

と秀次に答えていた。

「新兵衛さんではないが、駿太郎さんも退屈しておったのではございませんか。木刀持って大暴れが駿太郎さんの日課ですからな」

「それが雨も落ち着くころになって道場が出来たのだ」

小籐次は秀次親分に向き合うように座って、この数日の出来事を話した。

「えっ、須崎村の弘福寺といえば、唐の国伝来の黄檗宗の名刹、大本山萬福寺の末寺ですぜ。その上、向島七福神の一つ、布袋尊《ほていそん》が祀ってある寺ではございませんか」

秀次親分が物知りぶりを披露した。

「まあ、名刹うんぬんはしらぬ。うちにとっては実に都合がよい、過日の大雨や大風、さらにはこの残暑で野天道場の稽古はないからのう。久慈屋さんからの品々を担いできた門弟二人と駿太郎は、今頃寺道場で稽古に励んでおることであろう」

小籐次が応じた。

「ただ今の和尚さんが酒好きとは聞いていたが、ご本尊の布袋尊まで売り払いましたかな」

秀次は弘福寺の現状に拘《こだわ》った。

「親分、いくらなんでもそれはございますまい。安房館山の兄弟寺に修行にいった倅どのが博奕にのめり込んでおると聞かされて、ご本尊だけでもどこぞに秘匿しておるのではございませんかな」

観右衛門が秀次に答えた。

「ともあれ駿太郎たちにとっては結構な道場でな、なんとも天井が高いのだ」

「本堂も唐風の造りですからな」

と小籐次に答えた秀次が、

「上総の仁吉ね、ちょいと近藤の旦那に願ってそやつの悪行を調べてもらっておきましょうか。和尚にはなんの義理もございませんし、寺方をわっしらが突き回すのもなんだが、駿太郎さんの折角の寺道場がなくなるのも惜しいような気がしますからね」

小籐次の話を真にうけて応じた。

「その博徒の親分、弘福寺を賭場にすることを諦めませんかね。赤目小籐次様の名に、雇った剣術家たちが逃げ出したのを聞き知って考え直しませんかね」

「大番頭さん、在所の博徒にとって江戸は花の都ですよ。だれもが江戸でひと花咲かせたいと思っておりますのさ。そう簡単に諦めるとは思えません」

秀次が答えたとき、読売屋のほら蔵こと空蔵が姿を見せた。

「親分、在所の博徒がどうしたですって。酔いどれ様に関わる話ですかえ」

空蔵が小籐次を睨んで秀次に尋ねた。

「空蔵さんや、わしはそなたの飯のタネではないぞ」

小籐次が断わった。ここのところ小籐次の活躍を他所《よそ》の瓦版屋の山猿の三吉がものにしていた。それでほら蔵はむくれていた。

「新兵衛長屋の隣人に仕事がなくともいいんですかえ」

と空蔵が奥の手を出した。

「わしを脅す気か」

「だれが天下の酔いどれ小籐次を脅すというのですね」

「空蔵さんや、近ごろでは赤目様の姿を見たり、名を聞いたりしただけで悪人ばらが逃げ出すそうです。騒ぎにはなりませんよ」

と観右衛門が小籐次から聞いたばかりの深川蛤町裏河岸の竹藪蕎麦での出来事を披露した。

「なに、酔いどれ小籐次を見ただけで逃げ出すって、そいつは読売のネタにならないじゃないか。酔いどれの旦那、おまえさんが手加減しねえから、悪党に嫌われるんだよ」

空蔵が理屈にもならない理屈で小籐次に文句をつけた。

小籐次はただ黙っていた。

「赤目小籐次が読売のネタにならないとしたら、なにを商売のネタにしたらいいんだよ」

とぶつくさ言いながら、空蔵が久慈屋から姿を消した。

「これでまた迷惑のタネが一つ消えた」

小籐次の呟きに、

「赤目様、博奕打ちも読売屋もしつこいのが身上だ、そう簡単に諦めるとも思えませんな」

と秀次が言い、

「赤目様の周りにはもう一人、武蔵国総頭秩父の雷右衛門って悪党の頭がおりましたな」

と小籐次に思い出させた。

三

久慈屋から新兵衛長屋に戻る途次、ぼて振りの魚屋に出会った。新兵衛長屋には出入りしていないので名は知らなかった。

「もはや、この刻限ではなにも残ってないか」

「酔いどれ様か。長雨でよ、どこも魚どころじゃねえと思ってよ、無理して仕入れて売り歩いたんだよ。だが、売れねえや、どこも銭が尽きたとよ。折角仕入れた品がほとんどそっくり残っていらあ。致し方ねえよ、どこもこの大雨で稼ぎがねえもんな」

とぼやいた。

「なにを仕入れたんだ」

漁師だって海に出られる状況ではなかった。江戸前の魚が揚がるはずもない、と小籐次は思って聞いた。

「おれが出入りする得意先は貧乏長屋ばっかりだ。そこで頭を絞って塩漬けの鰯をよ、知り合いの問屋で仕入れたんだがな、三十数尾たっぷり残っているぜ」

「みんなでいくらだ」

「酔いどれ様から儲けを出そうなんて考えもしねえよ。百五十文でどうだ」

小籐次は一朱を出した、一朱は四百文だ。

「釣りはいらぬ、そなたの苦労賃だ」

「ありがてえ」

その代わり魚屋を新兵衛長屋まで伴うことにした。手には久慈屋から頂戴した貧乏徳利があった。

「酔いどれ様はよ、近頃この界隈で仕事をしてねえな」

「読売に行状を書き立てられて、肩身が狭い」

「深川の騒ぎか、手柄じゃねえか。肩身が狭いことなんてあるけえ、大きな顔でよ、久慈屋に店を出しねえ。もっとも大きな顔は自前だったな」

「まあ、それにあの長雨だ。稼ぎも尽きたで、そろそろ仕事をと見舞いがてら出てきたところだ」

ぼて振りが小籐次に世辞ついでに余計なことまで言った。

ふーん、と盤台を天秤に下げたぼて振りと小籐次が並んで蔵のある河岸道を芝口新町に向って歩いていく。

「おお、そうだ。酔いどれ様を探している野郎に雨上がりにあったぜ」

「何者だ」

「堅気じゃねえな、悪党の手下だな。おりゃ、住んでいるところまで知らねえと答えておいた。覚えがあるか」

「わしのほうにはないが、先方にはあるのであろう」

「あのさ、『御鑓拝借』以来、深川の手柄までさんざ相手を懲らしめてきたもんな。あやつらが恨みを持っていても不思議はないな」

新兵衛長屋の木戸が見えてきた。

お夕が新兵衛の手を引いて長屋に入っていくのが見えた。そのあとをお麻が大皿を抱えて従って行く。すでに夕餉の仕度が整いつつあるようだ。

「おれ、新兵衛さんに嫌われてよ、この長屋に出入りができねえんだ」

三十過ぎのぼて振りが新兵衛長屋の木戸を見て言った。

「嫌われることをしたか」

「まあな、でもよ、元気なころの新兵衛さんは出入りのぼて振りに厳しかったもんな。つい口答えしたのが気に障ったのだろうよ、えらく怒鳴られた。以来何年もお見かぎりだ」

「もはや新兵衛さんも仏様だ、文句もいうまい。これを機会に出入りをしないか」

「お麻さんが許してくれるかね」

ぼて振りが案じた。

小籐次がぼて振りを従えて木戸を潜ると、

「おお、今迎えに久慈屋に行こうと思っていたところだ。おや、ぼて振りの時公を従えてきやがったか」

と言いながら勝五郎が七輪を抱えてこちらを振り見た。

「芝口橋を渡ったところで出会ったのだ。塩漬けだが鰯を貰うことにした」

「お久しぶりです、勝五郎さん」

ぼて振りが挨拶した。

「おお、時公、近頃寄り付かないものな。新兵衛さんはあのとおりだ、偶《たま》には顔を出しねえな」

勝五郎がいい、お麻に向って、

「いいだろ、お麻さんよ」

とただ今の差配のお麻に断わった。

「あの折は、お父つぁんも頑固過ぎたわ。ご免ね、時三さん」

お麻が詫びた。

「いや、おれも言い過ぎた」

井戸端に盤台を据えて塩漬けの鰯をすべて取り出した。

「よし、これで焼き物が出来た。酒は、久慈屋のもらい物か」

勝五郎が小籐次の下げた貧乏徳利を見た。

「そんなところだ」

時三が小籐次にぺこりと頭を下げて空の盤台を天秤にぶら下げて長屋を出て行った。

昨日今日と雨が上がり、お天道様が出たものだから裏庭の地面もそこそこに乾いていた。

堀留の水位も小籐次が小舟をつけたときより下がっている。

長屋全員が集まり、七輪や古鍋に炭を熾《おこ》して網を載せ、塩漬けの鰯を焼き始めた。

もうもうと煙が立ち上っていく。

新兵衛はいつもの柿の木の下で空の桶の上に座らされていた。地べたに筵を敷くにはまだ湿っていた。

柿の葉は大雨に長くあたり、急に晴れ上がった西日を受けて一層鮮やかに色付いて見えた。

新兵衛はにこにこと笑っている。人が集まっているのが嬉しいらしい。

「赤目様、駿太郎さんを連れてくればよかったのに」

「そうだな、なにしろ旧藩の家臣を二人して門弟にとったでな、駿太郎は張り切っておるのだ。ふだん以上に元気いっぱい木刀を振り回しておるわ」

「もう私と遊んでくれないんだ」

「夕は駿太郎の姉様だ、次の須崎村泊まりはいつだったな」

「もう過ぎたわ。大雨だったもの」

「ならば、近々わしといっしょに参ろうか。どうだ、師匠」

と小籐次が桂三郎に声をかけた。

「私もそうお願いしようと思ってました」

桂三郎も鰯を網に載せながら言った。

「わあっ」

とお夕が喜んだ。

「そこな、老人」

と新兵衛が小籐次を手招きした。

小籐次が顔を向けると、

「その方、魚屋か」

と糺《ただ》した。

「お父つぁん、魚屋の時三さんはもう戻ったわよ。赤目様よ、赤目小籐次様」

お麻が新兵衛に言った。

「なにを馬鹿なことを申しておる。それがしが赤目小籐次、酔いどれ小籐次であるぞ」

新兵衛は、近頃お気に入りの「赤目小籐次」になりきっていった。

「魚屋」

「へえ」

名を乗っ取られた小籐次は頷くしかない。

「そういえばさ、新兵衛さん、今日の昼前、木戸外で珍妙な話をしていたよ」

左官職人久平の女房おはやが新兵衛を無視して言い出した。

「お父つぁんが珍妙な話をしていないことがおかしいのよ、おはやさん」

お麻が言った。

「それがさ、若い男二人に、『赤目小籐次は、それがしにござる』と言い張ってさ、『爺さん、そうじゃねえよ、酔いどれ小籐次を探しているんだよ』と相手がいうとさ、新兵衛さんが、『それがしが正真正銘の酔いどれ様、そなたらこれまでいうて分らぬか』なんて言い張ってさ、相手も呆れてどこかへ立ち去ったよ」

「おはやさん、相手は何者かな」

「酔いどれ様、覚えがあるのかい。在所から出てきたようなヤクザ者にさ」

「最前の魚屋もそれがしを探す者がおると言うておった」

「酔いどれ様はあちらこちらで悪党どもに喧嘩を売っているからな、仇も敵も大勢だ。だれがだれだかわかるめえよ」

勝五郎が団扇を片手に小籐次に言った。

「これ、勝五郎、そなた、相手を取り違えておらぬか。赤目小籐次はこのわしであるぞ」

新兵衛が拳を固めた両手を膝に載せて、勝五郎を睨んだ。

「ああ、そうだったな、新兵衛さん」

「新兵衛ではない、赤目小籐次じゃ」

「ややこしいな、新兵衛さんよ。だれかに化けるんならばさ、長屋の住人以外にしてくれないかね。最近は赤目小籐次になりきっちまったな」

勝五郎がぼやき、

「おお、鰯が焼け始めたぜ。皿を持ってきな。ああ、そうだ、赤目様よ、茶碗に酒を注いでくんな」

勝五郎があれこれと指図して、新兵衛長屋の雨仕舞いの夕餉が始まった。

小籐次も茶碗酒を口に含んで、

「やはり長屋はよいな」

と思わず漏らし、

「嫌みか、須崎村の分限者《ぶげんしゃ》が」

「そうではない。皆でいっしょに菜を分かち合い、塩漬けの焼き鰯を頬張る、よい光景ではないか」

「その暮らしを捨てたのは酔いどれ様ではないか」

「捨ててはおらぬ。わしの仕事場は未だ新兵衛長屋にある」

と小籐次が言い張るところに、

「はい、赤目様の鰯よ」

とお夕が皿に焼き鰯を載せて持ってきてくれた。

新兵衛も手づかみで鰯を食していた。

「わたしゃ、あの雨は降り止まないんじゃないかと思ったよ」

勝五郎の女房おきみが長雨を振り返った。

「おお、米櫃《こめびつ》は空になる、仕事はねえ、さっぱりだ。ほら蔵め、まったく仕事を持ってこねえ。首を絞めたいぜ」

勝五郎がいうところに当の空蔵が姿を見せた。

「だれがだれの首を絞めたいって」

「おや、仕事を持ってきたか」

「大きなネタではないが、ないよりはましであろう」

ふーん、と鼻で応じた勝五郎が空蔵にも茶碗を渡し、酒を注いだ。

「で、小便ネタってなんだ。もっともこちとらは小便ネタだろうがなんだろうが銭にさえなればいいんだがな」

「小便ネタな、言い過ぎだ」

「どうしてよ」

空蔵は茶碗酒を飲み、しばらく黙っていたが、小籐次を差した。

「なに、酔いどれ様を書いたのか。またどこかでなにかをやらかしたか」

勝五郎が憤然として小籐次を睨み、

「わしか、わしはなにもしておらぬぞ」

と小籐次が慌てて手を横に振り、空蔵を睨んだ。

「だからさ、近頃では赤目小籐次の名が知れ渡ったらしく、悪人どもは酔いどれ様の顔を見ただけで刀も抜かずに逃げ出すそうな」

空蔵が弘福寺と竹藪蕎麦のから騒ぎを勝五郎に説明し、

「このところ大雨以外、なんの騒ぎもないや。もう雨風の読売などだれも読みたくあるまい。そこでなんとか酔いどれ様の名声にお縋《すが》りしようとしたが、最前の話の通りだ」

「ならば読売もなにもあるまいが」

小籐次の文句に空蔵が、

「それじゃ読売屋は、首くくりだよ。そんなわけでな、騒ぎにならないほど強い赤目小籐次の近況をさ、いささか頭を捻って読み物に仕立てたってわけだ」

「なに、赤目小籐次の名だけで読売をでっち上げたか」

「勝五郎さん、でっち上げたわけではない。真の話をいささか大仰に」

「書いたのか」

小籐次が糺した。

ああ、と答えた空蔵が残った茶碗酒をくいっと飲み干し、懐から書付を出して勝五郎に渡し、

「わっしはこれで」

と長屋を去りかけた。

「待て、空蔵」

と小籐次が言った。

「当の赤目小籐次になんの断わりもなく、さような読み物を仕立ててよいと思うか」

「だってよ、苦しい時は相身互いだろうが。天下に赤目小籐次の武名を一段と盛り上げようという話だ、いいじゃねえか、酔いどれ様よ」

「ならぬ」

と小籐次が言った。

「ひえっ」

驚きの声を発したのは勝五郎だ。そして、

「うち、久しぶりの仕事なんだがな、小便ネタでもこの際、助かるんだよ」

と哀願した。

その場にいる全員が小籐次の次の一語に注目していた。

「あいや、ほら蔵」

と言い出したのは新兵衛だ。

「この赤目小籐次に願いの筋あらば、書面にて認め、町役人五人同道の上に届け出よ。よいか、読売屋」

空蔵が、うはっ、という顔で新兵衛を見た。

「それがしが申すこと分らぬか、ほら蔵」

「な、なんだよ、この言い草」

勝五郎が慌てて新兵衛の「赤目小籐次」なりきりの一段を説明した。

「新兵衛長屋に二人の酔いどれ小籐次がいるのか、ややこしいな」

「黙れ、読売屋」

と新兵衛が一喝した。

その声音にはなかなかの迫力があった。

「見な、赤目様よ。新兵衛さんだって赤目小籐次になりきるくらい人気者なんだよ、おめえさんはよ。おめえさんの一挙手一投足を江戸じゅうが見守っているんだよ。赤目小籐次の名を聞いて逃げ出す輩がこれ以上出てこぬように、この空蔵がおめえさんになり代わって悪党どもに警鐘を鳴らしたんだ。それのどこが不満なんだ」

空蔵が居直った。

勝五郎も長屋の一同も小籐次の言動を見守っていた。

「なんだか、わし一人が意地を張っておるようではないか」

小籐次は、新兵衛を見た。すると、新兵衛が穏やかな笑顔で大きく頷いた。

「新兵衛様、いや、赤目様、わしはどうすればいいんだね」

「よきに計らえ」

と新兵衛の赤目小籐次が答えた。

ふうっ
と溜息を吐いた小籐次がしばし思案した。

沈黙の時が流れた。

「よかろう、その小便ネタ、読売にすることを許そう」

「しめた」

と空蔵が手を打った。

「だが、ただではないぞ」

「えっ、歩合をとろうというのか」

と空蔵が眼を丸くした。

「そうではない。この界隈でわしのことを尋ね回る輩がおるらしい。その者たちの正体を突き止めてこよ。多忙な身の難波橋の親分に願うような話ではないでな」

「なに、そんな野郎がいるのか」

こんどは空蔵が考え込んだ。

「よし」

と小さな声で言った。

「その話、受けた。ひょっとしたら野郎どもが大ネタに化けるかもしれないでな、その折は、今日のようにごちゃごちゃ注文をつけるんじゃないぜ」

と言い残した空蔵が新兵衛長屋の庭から飛び出して行った。

ほっと安堵の空気が中断した夕餉の場に流れた。

四

小籐次が新兵衛長屋の寝床に入り、眠りにつこうとしたとき、隣りの壁がこつこつと叩かれ、勝五郎の声が聞こえた。

「寝たか」

「今眠るところだ」

「朝湯に行かないか」

「いいな」

「新兵衛さんも満足そうだったしな」

「うむ」

「小便ネタの彫りは明日だ」

勝五郎の呟きに答えたのは小籐次の寝息だった。

翌朝、町内の湯屋に小籐次と勝五郎の姿があった。小籐次の背中を糠袋でこすりながら、

「さすがは天下一の武芸者だな、年寄りとは思えないしっかりとした体付きだぜ。おれなんぞ鑿を使う手だけが太くてよ、あとは段々細っていく」

「少しは体を動かせ。毎朝愛宕山《あたごやま》の階段上りなどどうだ」

「じょ、冗談はよしてくんな。おりゃ、曲垣平九郎じゃねえや、馬も持たねえ」

「己の足で上がり下りしてというておるのだ」

勝五郎は小籐次の小言が耳に痛いのか、しばらく黙っていたが不意に話柄を変

えた。

「やっぱりよ、長屋の暮らしはいいだろう」

小籐次の背に湯をかけて自分は湯船に向った。小籐次も従った。

「よいな」

湯船に浸かった小籐次が問いに答えた。

「戻ってくる気はないか」

勝五郎は本気か冗談か、両手に湯を掬《すく》いながら小籐次に言った。

「新兵衛長屋の暮らしはよい。だが、わしには女房も子どももいれば、百助、お梅という奉公人もいる。精々稼がねば暮らしが成り立たぬ。なんぞ大稼ぎがあるとよいのだがな」

「大稼ぎって研ぎでか」

「研ぎでは稼げぬな。余計なことを考えた」

「妾に家を持たせようという話か」

「ばかな話ではない。ただ余計なことであった」

「なんだ、余計なことって、言えばいいじゃないか」

小籐次が思案し、洟らした。

「本所深川がこたびの長雨でえらい被害を受けておるでな、なんぞ手助けが出来ぬかと思うたが、これはわしが考えることではないわ。町奉行所が考えることであった」

「ふーん、去年の賽銭騒ぎを思い出したか」

「ちらりとな、そんなうまい話はもはやなかろう。あっても迷惑なだけだ。わしは一本一本研ぎ仕事をして稼ぐしか能はないでな」

「それが暮らしというものだ」

小籐次は瞑目して湯に浸かった。

昨夜は塩漬けの鰯を七輪で焼いたので、汗を掻いたまま寝床に入った。だから、勝五郎に洗ってもらった背中がなんとも気持ちがよかった。

「おお、新兵衛さんだ」

勝五郎の言葉に小籐次が眼を開けると、にこにこと笑った新兵衛を連れた桂三郎が脱衣場から洗い場に入ってきた。そして、新兵衛は掛かり湯を婿の桂三郎から気持ちよさげに掛けられていた。

「お早うござる」

小籐次が声を掛けると、桂三郎が頷き、

「そなたらも朝湯か、よい身分であるな」

と振り向いた新兵衛が言葉をかけた。

「うむ、まだ赤目小籐次が続いているのか」

勝五郎が呟き、桂三郎が頷いた。

「湯船の中で二人小籐次か、ややこしいぜ」

「勝五郎、近ごろ景気はどうだな」

掛かり湯を終えて桂三郎に手を引かれて立ち上がった新兵衛が尋ねた。

小籐次が見れば、顔にもそれなりの張りがあり、本物の小籐次の大顔よりも覇気があって侍らしかった。

「へえ、なんとかくず仕事を空蔵からもらったところでさ」

「愚か者めが、仕事に貴賤上下はない。一つひとつ丁寧に仕上げるが職人の心得であるぞ」

「分ってますって」

二人が湯に入ってきて湯船を新兵衛長屋の四人で独占した。

隣りの女湯からお夕の声がして、

「爺ちゃん、大人しくしています」

と聞いてきた。

「ああ、赤目小籐次様は満足であるって顔で湯に浸かっているぜ」

勝五郎が応ずると、

「これ、下郎。湯の中で大声を発するでない」

と新兵衛が注意した。

「なんだか、おれの頭がおかしくなりそうだ。新兵衛さん、いつ酔いどれ小籐次の口調なんぞ覚えたかねえ」

「わしより立派な言葉遣いじゃ、品格があるな」

小籐次が呟くと、

「これ、そなたは何者か」

と新兵衛が小籐次に注目し、ご下問があった。

「赤目、いえ、研ぎ屋の爺にございますよ」

「研ぎ屋なれば研ぎ屋でよい、爺なんぞ付け加える要はない」

と新兵衛が言った。

「全くそのとおりにございますな。爺はだれが見ても爺だ」

「であろう」

「赤目様は、本日どのようなご予定にございますかな」

「わしか、府内の巡察かのう」

新兵衛が険しい顔で言った。

「長雨のあとで本所深川界隈には未だ水に浸かった家がございますでな」

「そういうことじゃ」

勝五郎がぼそりと言った。

「巡察だってよ、確かに本物の赤目小籐次より立派だわな」

勝五郎の言葉を聞いた桂三郎が、

「お蔭様で昨日の夕餉は舅に元気をつけたようでした。皆さんのお蔭です」

と二人に礼を述べ、

「考えてみれば、新兵衛さんが呆けてよ、そのお蔭で長屋がなんとなく一つになったような気がするぜ」

と勝五郎が正直な感想を語った。

「確かじゃな。となれば、われら、長屋の住人、ささやかな稼ぎ仕事に戻るか」

小籐次はお先にと桂三郎に声をかけて湯船を上がった。

この昼前まで新兵衛長屋で研ぎ仕事をした。大雨に錆びた長屋の住人とお麻の家の刃物を研いだのだ。

「うちでうどんを茹でるとよ、食べていくかえ」

勝五郎が隣りから「小便ネタ」の彫りをしながら聞いてきた。

「いや、こちらはもう粗方済んだで久慈屋へ参る」

小籐次は仕事場を片付けると庭に出た。

「もう出かけるかえ、干した夜具は取り込んでおくよ」

とおきみが言った。

「頼もう」

小籐次は桶の水を堀留に捨てた。もはや水位はいつもと変わらなかった。だが、水は濁ったままでごみが浮いていた。

研ぎ道具と空の貧乏徳利を積み込んだ小籐次は、ひと仕事終えたか、厠《かわや》に出てきた勝五郎に別れの言葉を残して棹を摑んだ。

「行くのか」

勝五郎はなんとなく寂しげだ。

「なんぞあれば久慈屋におる」

小籐次は棹を使い、御堀に出た。

芝口橋はいつもの往来を取り戻していた。

「赤目様、研ぎ場は設えてございます」

手代の国三《くにぞう》が船着場に寄ってくる小籐次の小舟の舳先を摑んで止めた。

「仕事はありそうかな」

「半月以上もご無沙汰だったんですよ。うちだって京屋喜平さんだって研ぐ道具に事欠きませんよ」

国三が小舟から研ぎ道具を受け取り、久慈屋の研ぎ場に運んでくれた。手代の国三の背丈はいつしか五尺八寸に伸び、しっかりとした体付きになっていた。

「知り合うたころは小僧さんだったがな」

小籐次は独りごとを呟くと小舟を舫い、急ぎ国三を追いかけた。

「どうでした、長屋の独り寝は」

大番頭の観右衛門が小籐次に話しかけた。

「それはもう寂しいものじゃ」

「おや、おりょう様が傍らにいるのといないのではそれほど違いますか」

「大番頭さん、野暮な問いです」

若旦那の浩介《こうすけ》が笑いながらいった。

「そうでしたな、野暮でしたな。なにしろこちらは生涯独り者ですからな」

観右衛門が寂しげに応じた。

小籐次は普段から聞きそびれていたことを尋ねようかと思ったが止めた。

小籐次の訪《おとな》いに気付いたか、女中頭のおまつが茶を運んできた。

「来た早々に恐縮な」

といいながらも小籐次が店の上がり框《がまち》に腰を下ろした。

ようやく普段の商いに戻った久慈屋の店には客の姿はなかった。

とはいえ、久慈屋は紙問屋だ。大名家や旗本、さらには寺社仏閣が主な得意先、それと小売り店への卸だ。小口の客がぞろぞろと買いに来ることはない、見えないところで大口の商いがなされていた。それを見張るのが若旦那の浩介と観右衛門の仕事だ。

おまつが台所に戻り、小籐次は茶を喫した。

「長屋の夕餉はどうでした」

「新兵衛さんの機嫌がよくなったようだ。だが、一つだけややこしいことがある」

と前置きした小籐次が、新兵衛がすっかり赤目小籐次になりきってしまったことを話した。

「おやおや、新兵衛さんに名前を乗っ取られましたか」

「勝五郎さんは、長屋に二人も小籐次がいたんでは、ややこしいとぼやいておる。新兵衛さんがわしと勘違いされて危ない目などに遭わなければよいがな」

と小籐次が笑った。

「それはございますまいが」

観右衛門が応じたのを潮に小籐次は上がり框から研ぎ場に戻った。

すでに久慈屋の道具がきれいに並べられていた。国三が作業順に並べておいてくれたのだ。

小籐次は桶に張られた水で最初の道具の刃先を濡らし、砥石に置いた。研ぎ仕事になれば、直ぐに没頭できた。

何本か、粗砥をかけたところで観右衛門の声がした。仕事の切れ目を待っていたような感じだった。

「赤目様、昼餉ですぞ」

「直ぐにあちらに参ります」

小籐次は研ぎかけの道具の上に古布をかけて往来の人から見えぬようにした。

よからぬ考えを持たないとも限らない人のことを思ってのことだ。

台所では交替で奉公人の昼餉は終わったようで、いつもの大黒柱の前の席で観右衛門と小籐次は対面して、味噌仕立ての冷汁にうどんをつけて啜り込んだ。

薬味の青ネギがなんとも涼しげだ。

「これはうまい」

「夏場の暑さの疲れが残り、食欲のないときは、この冷汁うどんにかぎります」

小籐次の言葉に観右衛門が応じた。

「大番頭どの、わしの積年の疑問にお答え下さるか」

小籐次の問いに観右衛門が、なんでございますな、という顔で見た。

「いや、余計な問いにござる。わしが独り身の折にはかようなことは考えもせなんだ。ところがおりょうといっしょになってみると、所帯を持つのも悪くないと宗旨替え致しました」

「分りましたぞ、赤目様の問いが」

「分りましたか」

「私がなぜ未だ独り身を通しているかとのお尋ねではございませんか」

小籐次は人の胸の中に立ち入り過ぎたかと反省しながら小さく頷いた。

「いえね、女嫌いというわけではございませんでな、旦那様からはよう言われました。『たいがいに佳保《かほ》のことは忘れなされ、そして、別の女子《おなご》と所帯を持ちなされ』とな。その言葉を最後に聞いたのはもう十数年も前のことでしょうか。もはや旦那様も諦められたようです」

「お佳保様というお方、どうなされたので」

「十九の歳に流行り病で亡くなりました。私が久慈屋の見習い番頭の折のことです。八つの歳の差はございましたが、先代の旦那様からも『佳保ならば嫁にしてよい』との言葉を頂戴しておりました。それが、高熱を発してわずか三日後に」

　小籐次は思いがけない告白に言葉を失った。

「大番頭どの、お許し下され。まさかさようなことがあったとは」

「三十三回忌が去年終わりました」

「大番頭どのなればいくらでも、嫁の来てはあったでしょうに。佳保様がよほど観右衛門どのの心に刻み込まれていたのでしょうな」

「赤目様なればお分りでしょう。十六のおりょう様を見初《みそ》めて想い続けてきたお方ですからな。私の場合は、佳保が急にこの世から失せてしまい、どうしてよいか分らず、いつしかこの歳まで過ぎてしまっただけですよ」

「いや、思いがけない話で相済まぬことでした」

小籐次は観右衛門に詫びると早々に仕事に戻った。

いつもならば砥石に向えば雑念が消え去るのにこの日は、余計なことをなした己を悔いてなかなか研ぎに専念できなかった。半刻も過ぎたころ、無心に研ぎをなす動きが戻っていた。それでも久慈屋の研ぎをなす道具は少しも減らなかった。

ふと気付くと背中に人の気配がした。振り向くと空蔵がいた。どことなく顔がひくついていた。

刻限はいつしか夕刻を迎えていた。

空蔵の顔を見ると汗を搔いていた。

「分ったぜ」

と空蔵が言った。

「分ったとはなんだ」

未だ観右衛門の告白が胸に残っていたか、空蔵の言葉が耳を素通りした。

「ちえっ、昨日、この空蔵に乞い願ったことを忘れたのか、酔いどれ様よ」

「ああ、わしを探す男どものことだな」

「当たり前だ、そのことよ」

小籐次は空蔵を見た。

「どこぞに遠出したか」

小籐次は汗の理由を尋ねた。

「ちょっとしたことをある筋から小耳にはさんでよ、内藤新宿まで駕籠でよ、乗り付けて戻ってきた。それでもこの汗だ」

「内藤新宿になにがある」

「内藤新宿の渡世人、青梅の又五郎一家の若い衆だ」

「内藤新宿の渡世人など心当たりがないがのう」

小籐次は頸《くび》を捻ったが、なにも浮かばなかった。

「じゃあ、御大層な名の武蔵国総頭秩父の雷右衛門と言ったらどうだ」

「深川の一件でわしが斬り捨てたり、怪我を負わせて捕まえたりした淀野十五郎、園田某、村橋三八らの頭分か」

小籐次の返答に空蔵が大きく頷いた。

「内藤新宿の渡世人青梅の又五郎の賭場に出入りしていた得体のしれない侍がえらく赤目小籐次様にご執心でよ、関心を持っているというんでな、こいつは青梅の又五郎に聞いたほうが早いと考えたのよ」

「それだけの話で内藤新宿まで遠出したか、ご苦労であったな」

「ところがどっこい、蛇の道は蛇、餅は餅屋よ。青梅の又五郎は、その侍が秩父の雷右衛門の手下と知っていたぜ。おれの頼みに、又五郎の子分たちが、淀野らの一件で秩父の雷右衛門一派が赤目小籐次に恨みを抱いていることを調べてきたぜ」

「ようも半日で調べ上げたな」

「そりゃ、読売屋で長いこと飯を食ってきた空蔵だ。青梅の又五郎の手先を始め、銭を使って走り回らせた。赤目小籐次を芝界隈で聞き回ったのは、間違いなく秩父の雷右衛門の手先だな」

　小籐次はしばし思案した。

「秩父の雷右衛門はその名のとおり秩父に一家を構えておるのか」

「それがな、秩父の郷士の出という噂もあり、また違うという説もあり、ともかく神出鬼没が身上でよ、どこにいるのか、秩父の雷右衛門の行方は青梅の又五郎も摑み切れないとよ。ひょっとしたら、すでに江戸に入っているかもしれない。こやつ、武術家崩れを何人も使って荒仕事を得意としているそうな、何軒か立て続けに稼いだら、その土地を捨てて離れるのだそうだ。ともかくこやつが酔いどれ様に目をつけたことだけは確からしいな」

「迷惑な話よ」

「おりゃ、迷惑じゃねえ。深川の話を山猿の三吉にかすめ取られた。こんどこそおれが三吉を悔しがらせる番だ。頼んだぜ、赤目小籐次様よ」

空蔵が小籐次を嗾《けしか》けた。

小籐次は山猿の三吉の出も秩父と聞いたような気がすると、漠然と考えていた。

第三章　住み込み門弟

一

小籐次が小舟を築地川から江戸の内海に出したのは、六つ（午後六時）の刻限を大きく過ぎていた。というのも空蔵の話を聞いたあと、難波橋の秀次親分の家を訪ね、折しも町廻りから戻った秀次に空蔵が調べあげてきた話を告げていたからだ。

秀次は話を聞いて、

「深川で赤目様が斬った浪人組の背後には、秩父の雷右衛門なる悪党が控えていましたか、ありゃ、北町が扱い、わっしらはよく知りませんでした。悪人を成敗した赤目様を付け狙おうなんて、新たな話になれば、わっしらも黙っているわけには参りませんや。お任せ下さい、内藤新宿の青梅の又五郎に問い質して秩父の雷右衛門について空蔵が調べ洩らしたことがないか、念押しさせます。秩父の雷右衛門が江戸府内に入っているのならば、南も北もねえ、町奉行所の面目にかけて引っ括りますぜ」

と請け合ってくれた。

そんなわけで須崎村への戻りが遅くなった。

隅田川の流れはほぼ元へと戻っていた。

秋のことだが、残暑がいつもの年よりきつかった。

陽射しが残っているのが、小舟で漕ぎ上がるのになによりの助けになった。

小籐次はただひたすら櫓を操りながら上流から流れてくる物に気をつけて進んだ。ためにいつもより時がかかった。

須崎村の湧水池に入ったのは、六つ半（午後七時）を大きく過ぎていただろう。

最初に気付いたのはクロスケだ。

わうわう

と吠えて小籐次の帰りを告げた。

小籐次が小舟を杭に舫っていると、駿太郎が飛び出してきた。あとに創玄一郎

太と田淵代五郎が従っていた。二人してもはや赤目小籐次の家族のような顔をして、

「師匠、お帰りなされ」

「お待ちしておりました」

と迎えた。

「遅くなったな。夕餉は済ませたであろうな」

駿太郎に小籐次が尋ねると、

「父上は今宵必ずお戻りです、と母上が申されるものですから待っておりました」

と答えた。

「それは皆にすまぬことをしたな」

「百助さんは食べましたが、お梅さんも待っています」

「難波橋の親分から蕎麦饅頭を十も頂戴してきた。これだ」

小籐次が駿太郎に渡すとクロスケが興奮して吠えた。

そのとき、小籐次は望外川荘を見張る眼を感じた。

「父上、今日の昼過ぎから、だれぞがうちを見張っております。クロスケの散歩

の折、見慣れぬ苫船《とまぶね》が牛御前社前の中州に隠れるように泊まっているのが見えました。代五郎さんが捕まえようかと言われたのですが、父上が戻ってからでもいいでしょうとお止めしておりました」

「よき判断であったな」

「弘福寺道場の関わりでしょうか」

駿太郎が弘福寺をそう呼んで問うた。

「さあてな」

横川に泊まっていたという船が騒ぎのあと、姿を消していた。その船がこちらに移動してきたことは十分に考えられた。だが、武蔵国総頭秩父の雷右衛門一味のこともあった。決め付けることは早計と思われた。

小籐次は出迎えの三人とクロスケといっしょに船着場から林の小道を抜けて望外川荘の庭に出た。

「あやつら、苫船で夜通し見張る気かな」

駿太郎が呟き、

「天下の赤目小籐次様をなんと心得ておる」

と一郎太が言った。

「好きなようにさせよ。精々この界隈のやぶ蚊が喜ぼう」

望外川荘の縁側から蚊やりの煙が宵闇の庭に漂い流れてきた。

「お帰りなされ」

おりょうが迎えた。

「母上、難波橋の親分さんから蕎麦饅頭を頂戴したそうです」

駿太郎から受け取ったおりょうが、

「夕餉のあとに賞味しましょうか。それよりおまえ様、この足で湯に入ってきなされ、さっぱりしましょう」

「今朝方、勝五郎さん、桂三郎さん、新兵衛さんと朝湯に入った」

「残暑ですよ、半日で汗をかいておられましょう」

「夕餉を待たせることになるがよいか」

「私どもは大丈夫です」

小籐次は次直をおりょうに渡して縁側から上がり、廊下伝いに湯殿に行った。

脇差は湯殿まで持ち込んだ。

着ていたものを脱ぎ捨てて掛かり湯を使い、新湯《さらゆ》と思える湯船に浸かってほっと安堵した。

（やはりうちはよいな）

小籐次は内湯のある贅沢をしみじみと感じた。

「旦那様、湯加減はどうだね」

「まだだれも入っておらぬのか」

百助の声に小籐次が尋ね返した。

「駿太郎さん方は湯が立つ前に井戸端で水を被って汗を流しておりました」

「若いとはよいものだな」

ふっふっふふ

と百助が笑った。

「どうした」

「一郎太さんも代五郎さんも森藩を辞めて望外川荘の奉公人になってもいいというておりますぞ」

「貧乏大名家の家来よりなんぼか、望外川荘の暮らしがよかろう。じゃが、こちらが迷惑するわ。また武家奉公を簡単に捨ててなるものか、殿も池端どのもお許しになるまい」

と小籐次が応じたとき、脱衣場におりょうの気配がした。

「浴衣をこちらにおいておきます」

と言ったおりょうが、

「新兵衛さんの具合はどうでしたか」

と尋ねた。

「昨夕、長屋じゅうが集まり、夕餉をしたのがよかったのか、今朝の湯屋では上機嫌であったな」

「それはようございました」

おりょうが安堵した声で応じて気配が消えた。

秩父の雷右衛門一味と上総の仁吉一家の二つが小籐次の前に立ち塞がっていた。どちらも小籐次に確たる覚えはないが、片方は配下の浪人三人の仇に小籐次を狙い、上総の仁吉のほうは、弘福寺の一件で小籐次を邪魔に思っていた。

(面倒のタネは尽きぬ)

どうしたものかと湯の中で思案した。

まずは須崎村の前に浮かべられた苫船が先かと考えた。

湯から上がった小籐次は、夕餉の膳に着いた。

「おまえ様、酒は燗になされますか」

「昨日、新兵衛長屋で飲んだ。今宵はやめておこう」

「珍しゅうございますね、体の具合でも悪うございますか」

「そうではない。たまには酒を抜くのも清々《すがすが》しくてよかろう」

酒好きの代五郎がちょっぴり残念そうな顔をした。

だが、お梅が全員に飯と茗荷《みょうが》の澄まし汁をさっさと配った。鮭の粕煮が主菜だった。粕煮には人参、蕪などの野菜が入っていた。

駿太郎は、

「頂きます」

と合掌したと思ったら、すでに飯を掻き込んでいた。

「腹が減っておったか」

小籐次が駿太郎に尋ねるとおりょうが、

「駿太郎が満腹するのはほんの一時です」

と笑った。

「角吉の野菜舟も長雨で野菜がダメになったとか、明日からの商いを案じておった。深川の知り合いはどこもさほどの被害はなかったでな、安心した。まあ、こうして夕餉が食せるだけ幸せであろう」

「おまえ様、いかにもさようです」

二人の会話に一郎太が、

「われら、江戸に出て江戸藩邸の質素な食いものに驚きました。国許は、われらのような下士でも、山や海の幸、季節の恵みがございますゆえ、山に入れば、仕掛けで猪や鹿を捕まえて肉を味噌漬けにして食しますし、きのこや山菜も採れます。それゆえ意外と豊かです。ですが、白米だけはなかなか口にすることはできません。われら、こちらに泊まり、米の飯をふんだんに食べて、江戸の菜を満喫しております」

と言った。

「そなたら、森藩から抜けたいそうじゃな」

「えっ、そのようなことを」

「百助が言うておった。厩番《うまやばん》であったわしの真似をする気か」

「とんでもないことでございます。赤目小籐次様は格別です」

代五郎が言った。

「格別かどうかは知らぬ。だがな、武家奉公は万が一のときのために普段の行いがあるのだ。食が貧しゅうても退屈であっても、その時のために備えておかねばならないのだ」

「万が一とは戦ですか」

「戦国の世の戦はもはやあるまい」

「となると万が一とはどのようなことでございますか」

一郎太が尋ねた。

小籐次はしばし思案した。

「久慈屋の店先で研ぎ仕事をしながら耳にしたことゆえあてになるまい。世情の噂かもしれぬ。なんでも常陸《ひたち》沖にエゲレス国の鯨を獲る船が姿を見せて、水戸藩内に上がったとか、水戸藩では十数人を捕まえたそうだ。もし戦があるとすれば、異人との戦かのう」

「そのためにわれらは剣術の稽古をするのですか」

代五郎が小籐次に聞いた。

「聞くところによると、異国の船には大筒が積んであり、鉄砲も火縄などよりはるかに進んだ連発式じゃそうな。となると、剣術では鉄砲や大砲に敵うまい」

「敵いませぬか」

小籐次は間をおいて代五郎の問いに答えた。

「飛び道具には刀では敵わぬな。長崎口から入ってくる物を見てみよ、和国の物と比較にはなるまい。特に医術などは格段に異国のほうが進んでおるそうだ」

「父上、となるとわれらはなんのために剣術の稽古に励むのですか」

「さあてのう、厩番であった爺に聞かれても即答はできぬ。だがな、剣を鍛錬するのは、大砲や鉄砲に抗するためではあるまい。万が一の場合、肚《はら》を据え、肝を太くして冷静に身を処するためではないか。刃の下に身を晒すとは、畢竟《ひっきょう》相手を倒すことではあるまい。己の戦いに義があるかなしか、なんのために戦うか、そのことを知っておくことではないか」

小籐次の言葉を駿太郎が分ったとは思えなかった。一郎太も代五郎も理解ができぬ顔で迷っていた。

「おりょうにはおまえ様の言葉がよう分ります。己の戦いに義があるかなしか、なんのために戦うのか分って剣を振るわれるのと知らずに戦うのは、全く違います。そのことのために駿太郎も赤目小籐次から剣術を習うのです」

おりょうの言葉を三人がそれぞれ熟慮していたが、

「はい」

と返事をした。

次の朝、小舟の櫓を駿太郎が握り、一郎太と代五郎と小籐次が同乗して湧水池の船着場を離れた。見送りに来ていたクロスケに駿太郎が、

「クロスケ、しっかりと留守番をするのだ。夕刻までには戻ってくるからな」

と大声で告げると愛犬がわんわんと鳴いて応えた。

望外川荘では、おりょうとお梅が屋敷の戸をすべて開いて光と風を入れた。

隅田川もようやく穏やかな普段の時の流れに戻っていた。

小籐次らが船着場を離れて一刻半、おりょうが縁側で次の芽柳派《めやなぎは》の集いの仕度をしていると、庭に数人の男たちが姿を見せた。

弘福寺で駿太郎が飛ばした竹とんぼで手を斬り裂かれた張り手の草五郎と剣術家くずれの浪人四人と弟分の二人だ。

気配を感じたおりょうが顔を上げると張り手の草五郎が、

「えっへっへへ」

と嫌らしい笑いを浮かべた。

「そなたですか、駿太郎に怪我を負わされたご仁とやらは」

「油断した」

草五郎が言った。

「油断したとはまた愚かな言い訳を」

「なにっ」

草五郎が大声を上げた。

「酔いどれ爺の女房というから、萎《しな》びた女子かと思うたらまだ艶っぽい美形ではないか」

剣術家くずれの一人がにやにやと笑った。

「礼儀も言葉遣いも知らぬ輩ですね、わが亭主どのが出て来られる前に立ち去りなされ」

「男どもは朝早く出かけて夕暮れまで戻ってこねえ、そのことを承知の上だ」

おりょうの言葉に草五郎が答えた。

「わが亭主どのは千里眼です。そなたらの行動など見通しておいでです」

あくまでおりょうは落ち着いた応対だった。

「女め、ああ言やあこう言いやがる。おい、おめえら、小女が台所にいよう、捕まえてきな」

草五郎が弟分二人に命じた。

「へえ」

と答えた二人がすっ飛んで庭から消えた。

「なにをする気です」

「親分はどうしても弘福寺を賭場にしたいとよ、となれば邪魔になるのは、おめえの亭主の研ぎ屋だ」

「愚かにもほどがあります。真の赤目小籐次が何者か、そなたらは知らぬようですね」

「爺は留守だ、爺の弱みのおめえを安房の館山に連れていくのさ。そうなれば爺も言うことを聞かざるを得まい」

「草五郎、そなたは二度にわたり、わが亭主と倅に痛い目に遭いながら、まだ目が覚めませぬか」

おりょうが蔑みの視線を向けた。

「三度目の正直というぜ」

張り手の草五郎がずかずかと縁側に近付き、沓脱ぎ石から縁側に土足で上がろうとした。

その瞬間、座敷から風を切る音が響いた。

「うむ」

草五郎の動きが止まった。

畳の上を低く這うように飛んできた竹とんぼがおりょうの背中伝いに虚空に舞い上がり、立ち竦んだ張り手の草五郎の頬を、

さあっ

と撫で斬った。

「嗚呼」

悲鳴を上げた草五郎が沓脱ぎ石から転がり落ちた。

「二度あることは三度あるともいうな」

小籐次が座敷の奥から姿を見せた。

「赤目小籐次、出かけたのではなかったか」

剣術家くずれの浪人の一人が驚きの顔で刀の柄に手をかけた。

「そなたらの相手はわしではない」

浪人どもの後ろに木刀を手にした創玄一郎太、田淵代五郎、それに駿太郎がいて、さらに南町定廻《じょうまわ》り同心近藤精兵衛《せいべえ》に難波橋の秀次親分らが控えていた。

「あっ」

と驚きの声を放ったとき、一郎太ら三人と秀次親分らが浪人四人に襲いかかり、機先を制して木刀や十手で叩きのめした。

一瞬の早業で、顔を血まみれにした張り手の草五郎と四人の浪人が高手小手に縛り上げられた。

「親分、台所にも弟分二人が倒れておるぞ」

小籐次の言葉に信吉ら手下たちが走っていった。

「赤目どの、いささか張り合いがなかったな」

近藤が言った。

「いえ、上総の仁吉がなぜ館山城下を離れて江戸に進出して賭場を開こうとするか。金の出所はどこか、お調べになると意外なことが判明するやもしれませぬぞ」

「未だ弘福寺の倅のこともござる。こやつらを大番屋で絞り上げてみますか」

と請け合った。

小籐次ら望外川荘の男たちは、張り手の草五郎らに隙を与えるために夕暮れまで留守をする行動をしてみせたのだ。

その実、小籐次と一郎太、代五郎の三人は源森川河口で小舟を下りて密かに望外川荘に戻っていた。そして、駿太郎だけが難波橋の秀次親分のもとへと小舟で走って知らせたのだ。

御用船に草五郎らを乗せた秀次が、

「この一件、空蔵には内緒ですな」

と見送りにきた小籐次に聞いた。

「親玉が館山城下に残っておるでな。その辺は奉行所と館山藩の掛け合いのあとだな」

と小籐次が言い、秀次親分が頷いた。

二

この日、小籐次だけが小舟に乗って仕事に出た。

久慈屋の研ぎも終わっていなかったが、須崎村の馬鹿騒ぎで一日ふいにした。

小籐次は、騒ぎのあと、駿太郎に実父須藤平八郎の形見の品の脇差で刀の研ぎを教えた。

駿太郎は段々と刀の研ぎのコツも覚えてきた。

そんな風に一日が過ぎた。

ともかく気持ちを新たにして、久慈屋の店開きに合わせて望外川荘を出た小籐次は、芝口橋で仕事を始めることにした。

「本日は早うございますね」

手代の国三が話しかけた。

「よんどころない事情で昨日はこちらに来ることができなかった。ゆえに本日は朝早くから出向いて参った」

「よんどころないですか」

国三が婉曲に問うたが小籐次は答えなかった。

朝からひたすら砥石に向い、仕事に専念した。

久慈屋は芝口橋に向き合うように角地に建っていた。ために御堀側では朝から陽射しが差し込んだ。

国三がそのことを考え、日蔭になる場所に研ぎ場をこさえてくれた。その研ぎ場で黙々と研ぎを続けた。

どれほどの時が過ぎたか。

陽射しが河岸道を照らし付けていた。だが、小籐次の研ぎ場までは差し込まず、微風が吹いて小籐次の額の汗をなでていった。

不意に人影が立った。それがしゃがみ、恨めしそうな空蔵の顔が小籐次を睨み付け、

「須崎村で騒ぎがあったってな」

と言った。

「さようか」

「さようかじゃねえよ。ここんところ酔いどれ様のネタは山猿の三吉に持っていかれているんだ。これまでの親密な付き合いを考えれば、たまにはこの空蔵に漏らしてもいいじゃないか」

小籐次は空蔵の顔をさけて、河岸道の川端柳を見た。

微風に色付いた枝垂《しだ》れ柳がゆれていた。

秋に入って残暑の候、柳の葉が揺れて地面に細い影を作るのはささやかな涼だった。

「どうしたよ」

「どうしたもこうしたもあるものか。どこから仕入れたか知らぬが、南町奉行所の近藤精兵衛様に掛け合うのだな」

「だから、大番屋で近藤様や難波橋の親分に掛け合ったさ。そしたら、赤目様に尋ねろって言うんだよ」

「なに、こちらに振ったか。この一件、もう二、三日我慢しろ。騒ぎがはっきりとしたら、秀次親分はそなたに話す気だ」

「ほんとうだな」

「虚言を弄してどうする。とある大名家が絡んだ話だ。南町とそちらが話し合っておられる一件だ。読売屋はだれも書くことを許されておらぬ」

ふーん、と鼻で返事をした空蔵に、

「ただしわしはなにもしていないぞ」

「どういうことだ」

「難波橋の親分たちと駿太郎とわが二人の弟子が手を下してわしは見ていただけだ」

「なに、酔いどれ様の倅が相手と立ち合ったか」

「立ち合うというほど大仰なものではないわ」

「待て、酔いどれ様に弟子がいるのか」

こんどは話の矛先を変えた。

「致し方なく旧藩の者二人が駿太郎といっしょに稽古をしておる」

「酔いどれ小籐次、いよいよ道場主になるか」

「道場主じゃと、たわけたことをいうでない。わしは研ぎ屋が本業だ」

空蔵に答えた小籐次は、砥石に向って仕事を再開した。

空蔵があれこれと執拗に聞いてきたが、もはや小籐次の口から話が洩れることはなかった。

昼餉をいつものように久慈屋で馳走になった。大番頭の観右衛門といっしょだ。

「空蔵さんに付きまとわれておられましたな」

「読売屋も秋のネタ枯れかのう」

「空蔵さんは酔いどれ様の専属と思うておりますからな。ここんところ競争相手に抜かれて切歯していいます。必死なんでございましょう」

「とはいえ、わしは空蔵さんのために生きておるのではござらぬ」

「こんどの一件が公になったら、駿太郎さんが酔いどれ二代目で売り出しますかな」

「十一で酔いどれもあるまい」

「ですな」

と観右衛門が得心した。

昼から京屋喜平の道具の研ぎをなした。もう少し頑張れば、明日半日でこの界隈の得意先の目途はつきそうだった。

八つ半（午後三時）時分に小籐次に新たなる客があった。

豊後森藩江戸藩邸の近習頭池端恭之助《きょうのすけ》だ。池端が久慈屋を訪ねてくるのは初めてだった。

「赤目様、仕事先にまで押しかけまして真に相済まぬことにございます」

と一応詫びた。

「急用かな」

「いえ、急用というほどのものではございませんが、須崎村にやった二人が戻ってくる気配もございません。大雨は上がったというのに、望外川荘でのうのうとしているのではないかと思い、近況を聞きに須崎村に行く道中、赤目様をこちらでお見かけしたのでございます」

と池端が答えた。

二人の会話を聞いていた観右衛門が小籐次に声をかけ、

「店先ではなんでございましょう」

と店座敷を使うように勧めた。

小籐次はその申し出を受けることにして池端を観右衛門に紹介した。

「森藩のお方でしたか」

久慈屋の得意先は御三家を始め、大大名が多い。武家方の対応など慣れたものだ。池端もとくと承知で、

「わが森藩は久慈屋に出入りもさせてもらえぬ小名です。この機会に店を拝見させてもらい、なんとも光栄です」

と江戸藩邸育ちらしく如才なく言った。

店座敷で対面した池端は、

「芝口橋の商家の中庭がこれほど立派とは」

としきりに感心して話の核心に入る様子がなかった。

「そなた、過日から何度か望外川荘にそれがしを訪ねてきたようだが、なにか用事か」

小籐次の方から催促した。研ぎ仕事が中途半端で終わりたくなかったこともあった。

「いえ、用事というほどのものは」

「ないのか」

「あるといえばあります」

「あるのかないのか」

池端は供された茶を一口喫して、

「殿が赤目様になんとかして藩に戻ってくれぬかと願っておられまして、われら側近はどうしたものやらと頭を抱えている次第にございます」

小籐次が予測したことだった。

「それがしが下屋敷の厩番を辞して何年になると思う」

「その歳月の中で赤目小籐次様の武名はいよいよ江都に高まり、御城ではしばしば他の大名方から『赤目小籐次はそなたの家臣であったな』と尋ねられるそうな。殿としてはその問いがなんとも切ないとか」

「だからどうした」

「そう素っ気のないお言葉では殿がお可哀想にございます」

「池端どの、それがしはご覧のとおり、久慈屋さんの店先で研ぎ屋を商いにしておる年寄りじゃぞ。さような話がまかり通ると思うてか。それがしはただ今の暮らしに満足しておる」

小籐次が言い放った。

池端がしばし間を置き、話柄を変えた。

「創玄一郎太、田淵代五郎の技量はいかがでございますか」

「江戸に上がってきた当時の覇気がないでな、ただ今駿太郎といっしょに基から叩き直しておるところだ」

「そのことにございます。このところ藩道場でも二人は格別に稽古熱心でございましてな、それもこれも赤目小籐次様の薫陶の甲斐ありと、大いに感心しております」

「そなた、武士を辞めて久慈屋に奉公したらどうだ」

「はあっ」

「口が上手だ、武士には勿体なかろう。巷に出てみよ、もはやこの世の中、武士が支配しているのではのうて、商人方が世間を動かしているということがよう分る。その口、商いに役立てよ」

「それがしが商人にございますか」

小籐次の言葉に池端が恨めしげに見た。

「まあ、無理であろうな」

「無理です」

「殿には赤目小籐次の再仕官など無理にございますとお伝えしてくれ」

しばし間があった。

「そこでお話がございます」

池端恭之助は、ようやく本題に入った。

「なんだ」

「わが藩の剣術指南の鹿嶋夢想流猪熊大五郎が過日、須崎村で赤目様を愚かにも襲い、赤目様に返り討ちにされてしまいました」

「その始末をそなたに頼んだで、説明を受けぬとも承知だ」

小籐次は望外川荘の船着場で待ち受けていた猪熊大五郎を斃《たお》し、その始末を池端恭之助に密かに頼んだのだ。ためにお互いにその事情は承知していた。

「さようなわけで森藩では剣術指南がいなくなりました」

「あのような愚か者を剣術指南にしていても致し方なかろう」

「全くです。そこで殿が新たな剣術指南を早急に探せとそれがしに命じられました」

「世間は広い。どのような逸材がおらぬとも限らぬ」

小籐次の言葉に池端が恨めしそうな顔をした。

「あやつ、それがしに斬りかかる前に久留島《くるしま》家の剣術指南の給金がどうのこうのと不満を申しておったな」

「恥ずかしながら俸給は大して出せませぬ」

「となると苦労じゃな、そなたも」

池端が黙り込み、腹に力を溜める体《てい》を見せ平伏すると、

「赤目小籐次様、剣術指南をお引き受け下され」

と願った。

小籐次は池端恭之助の平伏した姿を見ていたが、

「さような真似を一廉《ひとかど》の武家が研ぎ屋風情になすでない、顔を上げよ。上げねば仕事に戻るぞ」

と言った。

池端がゆっくりと顔を上げた。

「池端どの、赤目小籐次、いくつに相なると思う」

「赤目小籐次様に歳は関わりございません」

「それがしはこの暮らしに満足しておる」

「それも承知でございます」

「そなた、それがしにどうせよと申すのだ」

「毎日とは申しません」

「たわけ、そなた、わが家族を離散させる気か」

「ですから、毎日剣術の指導とは申しません。十日に一度、いえ、一月に二度ほど屋敷に通って家臣どもの剣術を見て頂けませぬか」

と池端が願った。

小籐次は考えた。

剣術指南の猪熊大五郎を斬り捨てたのは、いかにも小籐次だ。

その骸《むくろ》の始末をさせたのは池端恭之助だ。森藩の体面もあってのことだが、池端に面倒をかけたのは事実だ。借りがあることになる。

うーむ
と小籐次が唸った。

なにか言い掛けた池端を制して、

「そなたに説明の要もないが、それがしは森藩下屋敷の厩番だった男だぞ。そんな男のいうことを上屋敷の面々が聞くと思うてか」

「殿の命は絶対です」

「殿の命な」

大名には参勤交代があった。

森藩の場合、四月参府、翌年の四月に御暇と一年交代だ。

藩主の通嘉《みちひろ》が江戸在府の時は、藩主の命ゆえ小籐次を剣術指南として立てるかもしれぬが、国許に下番《かばん》した際は、赤目小籐次を下士としか見ないと思っていた。

「なにより昔の下屋敷奉公の赤目小籐次様とただ今の赤目様では、全く異なります。『御鑓拝借』での行いで森藩と殿の汚名を雪《そそ》がれ、それをきっかけに酔いどれ小籐次こと赤目小籐次様は、天下に武名を轟かせた剣術家に出世なされました。その赤目様に匹敵する剣術指南など見つけようもありませぬ」

「出世な。この話、殿は承知なのか」

「いえ、それがし一人の考えにございます。赤目様がうんと申されれば、それがし、死を賭して殿にお願い申し上げます」

「常勤ではなく仕官するでもない、ただの剣術指南か」

「はい」

小籐次は思案した。その上で、

「池端恭之助どの、数日思案するときを貸してくれぬか」

「相分りました。数日内にそれがしが望外川荘をお訪ねします」

池端の顔がどことなく和んでいた。

「これ以上仕事の邪魔をしてもなりませぬ。それがし、早々に辞去します」

と池端が店座敷を出ていった。

小籐次は独りになって考えていた。おりょうがどう返答をするか、推量していた。

(尋ねるしかあるまい)

小籐次は冷えた茶を啜ると店に戻った。すると若旦那の浩介と観右衛門が小籐次を見た。

帳場格子から店座敷は板戸を隔てただけだ、およその話し声は聞こえた。ただし帳場格子の二人だけで、他の奉公人には聞こえなかった。

「仔細はお分りか」

およそ、と答えた観右衛門が頷いた。

「どうしたものか」

「赤目様、久留島の殿様のお気持ちをお察し下さい。あの天下の赤目小籐次を手放した大名、見る眼がないと城中で考えられる人もおりましょう。家臣に戻られるわけではなし、一月に二度、駿太郎さんを同道し、芝元札之辻森藩江戸藩邸にお通いになれば済むことです、駿太郎さんのためにもなります。そして、帰りにうちによって仕事をなされればよいではございませんか」

と観右衛門が言った。

若旦那の浩介はなにも言わなかったが、観右衛門とほぼ同じ考えではないかと察せられた。

黙って首肯した小籐次は研ぎ仕事に戻った。

戻る前に御堀端の柳に視線をやった。

風にゆったりと戦《そよ》いでいた。

（あのように風に逆らわずに過ごせぬものか）

一瞬そう考えた小籐次はやりかけの研ぎ仕事に戻った。

七つ半（午後五時）に仕事を終え、帳場格子の二人に、

「また明日参ります」

と挨拶した。

観右衛門も浩介も黙って頷き返した。

その夜、寝る前に池端からもたらされた話をおりょうにした。

おりょうはしばらく黙考していたが、

「よきお話ではございませぬか」

「そう思うか」

「はい」

おりょうの返答は明快だった。

「一月に二度ほど早朝から芝のお屋敷で剣術の指導をなせばよきことです。森藩にとっても久留島の殿様にとっても赤目小籐次様にとってもよきことです。私どもの暮らしが大きく変わるわけではございますまい」

「考えてみよう」

と小籐次はおりょうに言い、寝床に入った。

駿太郎はすでに寝入っていた。

寝化粧をしたおりょうが小籐次の寝床に静かに入ってきて小籐次の胸に顔を載せた。その瞬間、

（そうか、この考え、おりょうが池端恭之助に知恵を付けたか）

と思った。

（赤目小籐次、おりょうの掌で踊らされておるわ）

と思いながらおりょうの背に両手を回した。

三

翌日も朝早く望外川荘を出た小籐次は、芝口新町の新兵衛の家に立ち寄り、お夕に何事か告げた。

桂三郎も頷き、お夕の顔も綻《ほころ》んだ。

「では、七つ時分にな」

と言い残した小籐次は芝口橋に回って久慈屋に研ぎ場を設け、京屋喜平の道具の手入れを始めた。

五つ半（午前九時）前後か。難波橋の秀次親分が小籐次の研ぎ場に座り、なにごとか告げて言った。

小籐次は親分の話を聞いて、親分の判断にお任せすると答えたので、秀次は観右衛門に会釈しただけで立ち去った。

観右衛門も秀次がどのようなことを伝えに来たか聞こうともしなかったし、小籐次も仕事の手を休めることはなかった。

それは昼餉の刻限、二人で台所の板の間のいつもの場所に向き合っても同じことだった。そして、小籐次は早々に研ぎ場に戻った。

八つ半前か。

芝口橋の袂に空桶を逆さにしてその上に立った読売屋の空蔵が、吉原かぶりにした手拭いで秋の強い陽射しを避け、片手に竹棒をもう一方の腕に読売の束を持って、

「とざい東西、芝口橋を往来の皆の衆にお告げ申す。久慈屋の店先で本日も酔いどれ小籐次こと赤目小籐次様が研ぎ仕事に精を出しておられます」

とわざわざ竹棒の先を大仰に、

ぐるり

と回して小籐次を差した。だが、小籐次が顔を上げることも仕事の手を止めることもなかった。

「またまた酔いどれ様と一統が手柄を立てたよ!」

と声を張り上げたので往来の人びとが足を止めて、空蔵を見上げた。

陽射しが照り付け、青空が広がっていた。

この前までの長雨が嘘のようだった。

空蔵の背後では川端柳が炎暑にうんざりするように垂れたままだった。それでも橋を通行する人々の目に柳の葉陰が一時の涼を与えた。

「おい、ほら蔵、酔いどれ小籐次様がなんの手柄を立てたよ」

職人風の男が空蔵に聞いた。

「だからよ、それは読んでのお楽しみだ」

「ばかをいうねえ。雪隠《せっちん》大工のおれが文字を読めると思ってか」

「棟梁、そんな謙遜することもないじゃないか。文字なんてもんはな、気合いだよ。眼光紙背に徹す覚悟で見ていりゃ、なんとなく分るもんだよ」

といい加減に受け流した空蔵が、

「まあ、仕方がねえか。字の読めねえトラ公のために頭のところをな、おれが説明しようじゃないか」

と言った空蔵が足を止めた往来の人びとを竹棒で自分の周りに招き寄せ、

「芝口橋は天下の五街道の一つ、東海道の橋だ。往来の人の邪魔になっちゃいけねえや」

と言い足すと一拍置いた。

「お集まりの客人方、近ごろ世間が物騒だ。御三家水戸様のご領地の海には異国の船がやってきて、乱暴にも上陸したというじゃねえか。江戸の外では在所から逃散《ちょうさん》してきてこの江戸に流れ込む人間があとをたたないや。

いえね、一介の読売屋がご政道をうんぬんしようという話じゃねえよ、間違わないでくんな。いいかえ、近ごろ関八州から無宿人になった面々が江戸に流れ込んできて、悪さをすることが増えてきた。そう思わないか、雪隠大工の棟梁」

と空蔵が最前声をかけた職人に尋ねた。

「おれかえ、おれの考えを聞こうってのか、ほら蔵」

「おまえさんの顔に考えなどねえと書いてある」

「えっ、普請場で最前上がったとき、面を洗ってきたがね」

職人が慌てて面を手でこすった。

「顔に染みついた考えのなさは手でこすり落ちるもんではねえ。聞いたおれが馬鹿だった」

と受けた空蔵が、

「ご存じの方もあろう。酔いどれ様は見目麗しい女性《にょしょう》おりょう様を妻に娶《めと》り、川向こうに住まいを構えておられる。桜餅で有名な長命寺界隈の閑静な地だ」

「ふーん、研ぎ屋はそんなに儲かるかね、おれも考えようかな」

「おめえさん、考え違いをしちゃいけねえ。酔いどれ様の剣の腕と度量がなければ、そんな暮らしが出来るものか。刃物なんぞ一本丁寧に研いでよ、四十文ほどだ」

「ならば二八蕎麦が二杯しか食えねえな」

「食えねえな。だが、話を他に持っていくんじゃねえ」

と客を諫めた空蔵が客の集まりをよしとみたか、

「いいかえ、この酔いどれ様が住む近くの寺をだ、上総の国の渡世人が借り受けて賭場にしようというのを、酔いどれ様が黙って見逃すわけもない。そう思うだろ、裏長屋のお熊さん」

竹棒で差された女が指で自分の顔を差して、

「わ、わたすに聞くだかね」

「そう、おめえさんだ、わたすだ」

「酔いどれ様のことだ、決して見逃さねえべ」

「そういうことだ、お熊さん」

「わたすはお熊でねえ、米屋の家作のおよねだ」

「そうか、およねさんか。酔いどれ様がそんな阿漕《あこぎ》な裏商売を見逃すわけもねえ。相手の渡世人の子分や用心棒侍を酔いどれ様が」

「やっつけただね」

「それが違うんだ、およねさんよ」

「ど、どうした」

「酔いどれ様とおりょう様の間に一子あり、十と一歳の駿太郎さんと仲間の弟子の三人で不逞《ふてい》の輩をあっさりと追い出したのだ。ところが敵もさる者引っ掻く者だ。いったんは引き下がったが、酔いどれ小籐次様や駿太郎さん、門弟衆のいない留守におりょう様を不埒《ふらち》にも捕まえようとしたんだよ、およねさん」

　およねがごくりと唾を飲み込む音がした。

「で、どうなっただ」

「さて、その先は読売に書いてある。酔いどれ様の研ぎ代と違い、こちらは十分の一の四文でいい、持ってけ、泥棒！」

　空蔵が竹棒でもう一方の腕に束にして持った刷り上がったばっかりの読売を、

ぽんぽん
と叩いて景気を付けた。

「よし、一枚貰おう」

「おれもだ」

と何人かが名乗りを上げ、隠居風の年寄りがその場で読みだした。

「ふんふんなになに、酔いどれ様の活躍はなしか、どこにも書いてないではないか」

「その代わり、駿太郎様方と南町の定廻り同心近藤精兵衛様や難波橋の親分が大活躍した」

「酔いどれ様の出番はなしだな」

「そう何度も念押ししなくていい、ご隠居。今回はまあ、駿太郎さんの出番の後見だ」

「つまらねえな」

さあっ、と客が散っていった。

客の中にはわざわざ小籐次の研ぎ場に来て、

「酔いどれ様、おめえさんが刀を抜いてよ、ほれ、深川のように派手に悪人ばらを斬りつけなきゃ、読売も面白くねえよな」

と文句を言っていく輩もいた。

どことなく気が抜けた空蔵が売れ残りの読売を持って久慈屋に姿を見せた。

「だめだだめだ。やっぱり駿太郎さんじゃ、まだ荷が重いや」

小籐次をじろりと眺め下ろして、店の上がり框にどさりと腰を落とした。

「売れませんか」

と観右衛門が声をかけた。

「だってよ、館山城下の大本の上総の仁吉の話が見えないもんな。子分や用心棒じゃ役者が弱いや」

「わたしの見るところ、安房館山藩の稲葉様でも公にしたくない話が絡んでのことですよ」

「その仁吉親分から稲葉様のさるところに金が渡っているというんだろ。そんな話は書けねえよな、ご公儀だって譜代様の恥は晒したくねえ。そこが弱いんだな、こんどの話は」

「まあ、この次に期待するんですね」

「深川の騒ぎを山猿の三吉に攫《さら》われたもんな。こっちは口が干上がってしまうよ」

空蔵が小籐次の背中を見た。

小籐次は、京屋喜平の道具を仕上げたか、

「これでよし」

と呟くのが空蔵に聞こえた。

「なにがこれでよし、だ。こっちはちっともよくねえや」

空蔵がぼそぼそと文句をいい、

「まあ、お茶でも飲んで気を紛らわせなされ」

と観右衛門が小僧に茶を空蔵の許に運ばせた。

小籐次は京屋喜平の手入れを終えた道具を布に包んで抱えて、久慈屋の店先から姿を消した。

「大番頭さん、なにか大きな話はないかね」

「さあてね、私は赤目小籐次様ではございません」

と言いながらそれでも思案の体の観右衛門が、

「そういえば、赤目様が旧藩の久留島様の剣術指南に願われているという話がございますがな」

「なに、酔いどれ様、元の鞘に収まろうって話か。そりゃ困る、飯のタネが消えてしまう」

と空蔵がうろたえた。

そこへ小籐次が戻って来た。

「赤目の旦那、おまえ様、森藩に仕官するのか」

「わしは今の暮らしが一番いい、仕官など致さぬ」

「安心した」

と空蔵がほっとした顔をした。

「おりょう様のお返事はどうでした」

観右衛門が質した。

「うむ、おりょうは久留島の殿様の体面も保てることゆえ、月に二回程度の剣術指南くらいお考えになってはと言うておった。だが、下屋敷の厩番が上屋敷の剣術指南では納得しない上役もおられよう」

小籐次が昨夜の会話を話した。

「そりゃ、違うぜ。今や酔いどれ小籐次は江戸一番の人気者だ。高々一万二千五百石の小名の剣術指南なんぞ蹴っ飛ばしてよ、加賀百二万石の剣術指南だって三顧の礼で迎えにこようが。そうしねえな、そうすると読売でもよ、かっこがつく。一万石余りじゃな、話にもならない」

空蔵が売れなかった腹いせか、そう言った。

「空蔵さん」

珍しく若旦那の浩介が帳場格子から空蔵に声を掛けた。

「なんですね、若旦那」

「酔いどれ様を皆さんが支持なさるのは出世や利欲を考えておられないからですよ。確かにただ今の酔いどれ様ならば、百万石の大名家から仕官とか、剣術指南にとか申し出がございましょう。ですが、赤目様の主君は一人、厩番だった森藩のお殿様一筋に忠義を貫いておられるがゆえに人気があるんですよ。空蔵さんはその辺りを忘れておられます」

厳しい指摘に空蔵がうう一んと唸った。

「確かにな、表面ばかりみちゃいけねえやな。となると、森藩の剣術指南に就くのも話としちゃ、悪くないか。工夫次第でなんとかなるか」

「ほれ、それがいけません。直ぐに商いに結び付けておられます」

浩介に言われた空蔵が考え込み、

「出直しだ」

と力なく久慈屋から出ていった。

空蔵の座っていた上がり框に売れ残った読売が寂しげにあった。

「なんでも売らんとするとこうなりますな」

と観右衛門が呟いた。

「商いは手を抜かずに地道に続けていくしかあるまい」

「そういうことですよ」

小籐次の言葉に観右衛門が頷き、

「気分を変えて奥に通りませぬか」

と誘った。

「本日は早めに上がろうと思う。長雨でな、一月一度望外川荘に招くという夕との約定が遅れておってな、本日果たすことにしたのだ」

「ああ、それでしたら無理にとは申しません」

芝口橋での仕事の区切りをつけた小籐次は、国三の手伝いで小舟に研ぎ道具を積み込んだ。

「赤目様、お夕ちゃん、だいぶ弟子奉公が慣れたようですね」

国三が小籐次に言いながら舫い綱を外してくれた。

「ああ、わしもそう思うておった」

小籐次の返事に国三の顔が綻んだ。

堀留に入っていくとすでにお夕が風呂敷包みを手に待っていた。

新兵衛は相変わらず柿の木の下で独り遊びをしていた。

「待たせたか」

「たった今、師匠の許しが出たところです」

とお夕が答え、

「爺ちゃん、大人しくしているのよ」

と新兵衛に呼びかけて小舟に乗った。

「これ、娘。さような怪しげな爺に従うでない。赤目小籐次が成敗してくれん」

と孫の手を振り翳《かざ》した。そこへお麻が出てきて、

「爺ちゃんいいの、あちらが本物の赤目様よ。赤目様、夕をよろしく」

と願った。

「雨のせいでだいぶ約定が遅れてしまったな」

小籐次が言いながら堀留から御堀へと小舟を出した。

築地川を出て江戸の内海に入ったとき、

「夕、だいぶ慣れたようだな」

と櫓を漕ぎながら問うた。

「はい。仕事場に入れば、お父つぁんを師匠と考えを変えることに慣れました」

「なによりのことだ」

「道具の使い方を繰り返し教えてもらっています」

「すべての芸事は基が大事だ。基を身につけておらぬ者は大成せぬ。道具をちゃんと使えるようになれば、まず最初の大きな山を越えたことになる」

「何年後でしょうか」

「さあてな、こればかりは師匠の桂三郎さんが決められることだ」

小籐次の言葉にお夕が頷いた。

大川河口の濁った水は消えていた。だが、本所深川の被害はそう簡単に回復するとも思えなかった。

「駿太郎さんにお仲間が出来たそうですね」

「聞いたか、わしのもといた藩の家臣がな、どうしてもわしの門弟になりたいというて、二人じゃが弟子入り志願をしてきた」

「駿太郎さんの下に門弟さんが二人もいるの」

「歳は倍以上も違う、仲間が出来たのが嬉しいのかえらく張り切っておるわ」

「駿太郎さんの顔が目に浮かぶわ」

「姉」のお夕が笑った。

小籐次は「姉」も「弟」も半歩ばかり前進したようだと思った。

大川に入り、小籐次は櫓をゆったりと使いながら小舟を遡上《そじよう》させた。とはいえ、舟足が遅くなったということはない。全身を使いながら大きく漕ぐので舟の速さは変わりない。

まだ陽射しの高い内に須崎村の湧水池の船着場に小舟を入れた。すると六尺褌を締めた男三人が船着場から飛び込んだり、水浴したりしていた。秋に移ったというのに残暑が続いていた。

「駿太郎さん方だわ」

お夕が眩しそうに若い男たちの水浴姿を見た。

確かに駿太郎、一郎太、代五郎の三人だ。その中にクロスケまで混じって、嬉しそうに吠えていた。

稽古の汗を湧水池の水で流しているようだ。

「おお、お夕姉ちゃんだ」

駿太郎が水の中から手を振った。

「駿太郎さん、泳ぐことができるの」

「一郎太さん方に習ったんだ」

小籐次はいつの間にか物事を身につけていく駿太郎に驚きを感じた。

「駿太郎、それでは水中で戦はできぬな。近々来島水軍流の甲冑《かっちゅう》をつけての泳ぎを教えようか」

「来島水軍流に泳ぎもあるのですか」

「泳ぎができぬでは水軍とはいえまい」

小舟を着けると三人が船着場に這い上がり、お夕の手前、一郎太と代五郎が慌てて稽古着を身につけた。

四

久しぶりに望外川荘では賑やかな夕餉になった。

下男の百助も加えて小籐次、おりょうの夫婦に駿太郎、一郎太、代五郎、お梅、お夕と八人で膳を前にした。

なにしろお夕とお梅の二人の若い娘がいるのだ、華やかにならざるをえない。

酒が出たので酒好きの代五郎など、

「赤目様、望外川荘の夕餉はようございますな。屋敷でぼそぼそと食べる膳とは大違いです」

とにこにことしていた。

ふっふっふふ
と終始にこやかな小籐次が、

「かような膳は、まるで藪入りで奉公から子どもが帰ってきた家のようじゃな。だが、帰って来た子どもは一夜でまたお店に戻ることになる。それが世の習いだ、代五郎」

「は、はい」

小籐次に酒を注いでもらった代五郎は小籐次以上に満足げだ。

「赤目様、おりょう様、われら、いつまでも望外川荘にいても大丈夫です」

代五郎がいい、一郎太がいささか不安そうな顔をした。

「赤目様は遠まわしにわれらに屋敷に戻れ、と命じられているのであろう、そうは考えられぬか、代五郎」

「えっ、さようでございますか。われら、こちらから芝の屋敷に通ってもよいくらいです」

「それでは主君がだれか分らなくなるではないか。そなたらの主は飽くまで久留島通嘉様じゃぞ」

小籐次が二人にそのことを思い出させ、

「創玄一郎太、田淵代五郎、森藩からわしに剣術指南の要請があった。近習頭池端恭之助どのを通しての殿のお言葉であった」

にこにこと酒を飲んでいた代五郎の体が固まった。

「赤目様、わが藩にお戻りになられるのですか」

一郎太が糺した。

「覆水盆に返らず、過ぎ去ったことはもはや戻りえぬ。わしは一月に二度ほどそなたらの屋敷の剣道場に参り、来島水軍流を教えることになる」

「一月に二度ですか。その外のときは赤目小籐次様は望外川荘に暮らし、研ぎ仕事をなさるのですね」

「そういうことだ、一郎太」

「赤目様がわが藩に教えに来られる日以外はわれら二人こちらに通い、これまでのように剣術の稽古をしてようございますか」

代五郎が聞き、

「それはよかろう。ただし、そなたらのように通い門弟がこれ以上増えるのは、わが暮らしに差し障りがでるでな。その辺は心して行動せよ」

と小籐次が答えて、

「と、申されますと」

と代五郎が不審な顔をした。

「わしが森藩に仕えた時分は、下屋敷の厩番、下士であった。そのわしが殿の命があったからといって、上屋敷の剣術指南では、得心される家臣ばかりではあるまい。なぜ下士風情に剣術を習わねばならないと反発なされる方もおられよう。その外、諸々のことが生じて参ろう」

「そうかな、赤目小籐次様は今や天下一の剣術家だがな」

代五郎が首を捻り、一郎太は黙っていた。

「ともかく大雨のあと、そなたらが望外川荘に来てくれたことでおりょうは助かり、駿太郎の励みになった。だが、明日の稽古のあと、いったん屋敷に戻れ」

小籐次が命じた。

「畏まりました」

一郎太が即答し、駿太郎が話を転じた。

「父上、弘福寺ですが倅の智永さんが戻ってきております。館山の兄弟寺から追い出されたのだそうです」

「公儀からの問い合わせじゃ、館山藩も動かざるを得なかったのだ。致し方あるまい。となれば寺道場はお仕舞いか」

「いえ、和尚様によるとこれまでどおりに使ってよいそうです」

「それはよかったな」

小籐次は、ほっとした。

「こんな夕餉も今晩が最後か」

代五郎だけは未だ望外川荘を去ることを残念がっていた。

「代五郎、夕とて一月に一夜だけ望外川荘に訪ねてくるのだぞ。ふだんしっかりと錺職人として師匠の下で奉公しているからかようなことが許されるのだ。武士のそなたらが節度を守らんでどうする」

小籐次に言われて代五郎がしぶしぶ頷いた。

「赤目様、わが藩の剣術指南拝命はいつからでございますか」

「近々それがしが元札之辻の屋敷に参り、池端どのに一月二度での剣術指南の願い受託を申し上げる。その折、いつから通うことになるかご返答があろう。それまでそなたらも知らぬ振りをしておれ」

小籐次が一郎太と代五郎に命じて夕餉が終わった。

おりょう、お夕、お梅、駿太郎、代五郎、一郎太の六人は、その夜、遅くまで話をしていたようだ。だが、小籐次は皆の談笑を聞きながら、

（これが幸せというものか）

と感じながら眠りに落ちた。


翌朝、早めの朝餉を摂った小籐次とお夕は小舟に乗って隅田川を下った。

「夕、遅くまで話し込んでいたようだな」

「眠れませんでしたか」

お夕がそのことを案じた。

「そうではない。楽しげなそなたらの話を聞きながら、すとんと眠りに就いた。どうやら夕も最初の一山を越えたようだな」

「お蔭様でほんの少しだけ気持ちが楽になりました」

「よかった」

小籐次が安堵の声を漏らした。

「一人前の職人になるにはまだまだ無数の山があり、谷があり、行く手に大きな壁が立ち塞がろう。だが、そなたの師匠は、技量だけではのうて、そのことを重々承知のご仁だ。師匠を信頼して従うことだ」

「はい」

と返事したお夕の声に張りがあった。

小籐次は五つ（午前八時）前にお夕を新兵衛長屋に送り届け、久慈屋に顔を出した。

昨日、道具の研ぎは終わっていた。だが、新兵衛長屋まで来たついでだ、なにがあってもいいように一応顔出ししたのだ。なにもなければ深川蛤町裏河岸に移動しようと思った。

「おや、赤目様、どうなされました」

河岸道に佇んでお店を眺めていた大番頭の観右衛門が小籐次の小舟に気付いて言い、

「ああ、そうでしたな、お夕ちゃんが望外川荘に泊まったのでしたな」

と合点したように言った。

川端柳が今日も残暑に気怠《けだる》く戦いでいた。

「大番頭どの、その通りだ。こちらに顔出ししたのはなんぞあればと思っただけで、なければ直ぐに深川へ向おうと思う」

「それがございますので。昨日の店仕舞い時分に読売屋の空蔵さんが顔出しいたしましてな、赤目様に至急会いたいと小鼻を膨らませておりました。もう須崎村に戻ったと言いましたら、その足で訪ねて行きかねない勢いでしたから、明日にもお夕ちゃんを送って必ずやこちらに見えますと答えますと、ならば朝一番で来るというておりました」

「空蔵さんがな」

「なにか新たな騒ぎがありましたかな」

小籐次は武蔵国総頭秩父の雷右衛門のことではないかと察した。

「小僧を使いに立ててます。それまでお茶を飲んでおられませ」

と観右衛門が小籐次を誘った。そこで小籐次は小舟を舫い、久慈屋の店の敷居を跨いだ。

すでにお店の内外の掃除が行き届き、奉公人は朝餉を交代で摂っていた。

観右衛門は小僧に用事を命ずるためか奥へ引っ込んだ。

小籐次が上がり框に腰を下ろすか下ろさない内に難波橋の秀次親分が姿を見せた。

「やはりこちらにお出ででしたか」

秀次親分の顔にも上気したものがあった。

「なんぞ用かな」

「深川の騒ぎの続きですよ」

「秩父の雷右衛門の正体が知れましたかな」

「いえ、いささか謎めいております」

秀次が言い、小籐次の傍らに座した。

「読売屋の空蔵さんもわしに急ぎの用があるような様子だそうな。あちらもこの一件かな、と推量したところだ」

「ほら蔵さんもなにか摑みましたかね」

秀次は、今読売に書かれては元も子もないという苦い顔をした。

「いや、その一件と決まったわけではないぞ」

「で、あればよろしいのですがな」

そこへ観右衛門自ら盆に急須と茶碗を三つ載せてきた。

「親分が先でしたか」

「大番頭さん自ら茶とは恐縮です」

秀次がぺこりと頭を下げた。

「で、親分の話はなんですね」

観右衛門が小籐次に代わって催促した。

「武蔵国の総頭秩父の雷右衛門ですがね、野郎一味が江戸に入ったことは確かです」

「ほう」

と観右衛門が身を乗り出した。

「ところが疾風迅雷というか、仕事の手際が良すぎます。というのも一昨日の深夜、品川と千住宿で立て続けに押込みを働いております」

「一晩に二つの押込みですか」

小籐次の代わりに観右衛門が秀次の相手を勤めた。

「へえ、南品川宿の隠居所、品川宿でも大きな質商七宝屋の隠居の松太郎さんと女房のおさんの家に忍び込み、二人を殺めて所蔵していた隠し金を三百四、五十両ほど盗んでいきました」

「なんということです、二人の命を無慈悲に奪っていきましたか」

　秀次が頷き、

「隠居所ゆえに昨日の昼過ぎまで松太郎さんとおさんが殺されていたことにだれも気付かなかったのですよ。七宝屋の女中衆が隠居所に魚を届けにいって気付いたのです」

「空蔵さんもこの一件で赤目様を探しておいでですかね」

　観右衛門が自問したが小籐次はなにも答えなかった。秀次の話が終わっていないからだ。

「もう一件は、千住宿の金貸し常盤常右衛門方に押し入り、同じように夫婦二人を殺めて金を持ちさっています。ですが、こちらはいったいいくら盗られたか、分からない。古手の通いの番頭が一人奉公人としているんですが、この輿吉がひどい風邪をひいて寝込んでおりましてこのところ店に出ていません。ためにおよそしか分りません。ともかく三百両は下るまいというております」

　と秀次が答えた。

「一晩に二件ですか。それも同じ四宿《ししゅく》でも品川と千住ではかなり離れておりますな。そうか早船で千住から隅田川を下り、江戸の内海に出て品川で二件目をしのけたか」

「大番頭さん、いくら早船でも一晩に二つの押込みと殺しは無理ですよ」

秀次が応じ、小籐次を見た。

しばし沈黙したままの小籐次がようやく口を開いた。

「この二つの押込みと殺し、どうして秩父の雷右衛門の仕業と分ったな、親分さん」

それなんですよ、と答えた秀次もしばしの間を置いた。

「二つの現場には残されたものがございましてね、雷右衛門自ら所業を認めているんですよ」

「ほう」

「それがね、『赤目小籐次　仇を討つ　心して待て　武蔵国総頭秩父雷右衛門』とね、床の間や襖に墨書しているんです」

「なんと」

と観右衛門が呟き、

「ということは深川の騒ぎで赤目様が斬ったり、怪我を負わせたりして北町奉行所が捕まえた者たちの仇を討つというておるのですな」

と小籐次の代わりに尋ねた。

「そうとしか思えません」

観右衛門の問いに秀次が答え、

「大番頭さん、この話、南町の限られた者しか知りません。どうかしばらく極秘にしておいて下さい」

と釘を刺した。

「空蔵は品川か千住の出来事を、あるいは二つとも摑んでいる、それでわしと会いたいのであろうか」

「赤目様、未だ読売屋に悟られたはずはないのでございますがな」

秀次が首を捻った。

「秀次親分、一夜の二つの騒ぎ、南町では一つは別人と考えておいでか」

「それが考えの分れるところでしてね。ひょっとしたら、秩父の雷右衛門とは一人ではないのかもと主張なさる与力、あるいは秩父の雷右衛門は一人だが、もう一件を手先に命じたというお方もございます」

秀次の答えに小籐次はまた沈黙した。

「親分、殺された二件の手口はどうだ」

「こいつも内緒にございます。二つとも手口は似ています。男のほうは一息に胸を突きさし、女のほうは滅多斬りです。ゆえに千住と品川は同じ下手人の仕業と申される役人もおられます」

「親分はどう考えるのだ」

「最前も申しましたが、殺しを一夜で二つこなすのはいくら手際のよい者でも無理じゃねえかと」

秀次の考えに小籐次も賛同した。

「近藤の旦那は、千住と品川の書き残した文字は、一見似ているようで別人が書いたと思えるというておられました」

そこだ、と小籐次が思った。

「わしが深川でうづさんを助けんと斬り捨てた園田香五郎、淀野十五郎の二人、それに怪我を負って捕まった村橋三八、すでに北町に捕まっていた見砂及助も武芸者くずれであったな。秩父の雷右衛門なる者は、あるいは一味は武芸者くずれの集まりではないか、突きが出来るのは武術を修行した武芸者くずれ、さらには筆が立ち、互いが書体を似せられるのも町人ではないように思える」

へえ、と秀次が小籐次の考えに賛意を示すように返事をした。

「秩父の雷右衛門は一人ではない。こやつら武芸者くずれの集団が勤めを果たすときにつかう呼び名だとしたらどうだ」

「ならば一晩に二つの押込みもできますね」

「それに二つともいきあたりばったり踏み込んだのではなかろう。とくと下調べして襲っておる。一日や二日、襲われた者たちの生死や所在が知れなくともよいような家で、かつ多額の金を所蔵しているところを狙っておる」

小籐次の推量に秀次が頷いた。

そのとき、空蔵の読売屋に行かせた小僧が戻ってきて、大番頭の観右衛門に、

「空蔵さんは急な御用で内藤新宿に行かれたそうです」

と報告した。

「なに、内藤新宿ですと。だれがそう言いなさった、竹松」

と観右衛門が念を押した。

「版木屋の番頭さんです」

「伊豆助さんですか」

「はい」

返事を聞いた観右衛門が、ご苦労でした、と竹松を労《ねぎら》った。そして、

「昨夕は、急ぎ赤目様に会いたいというておったのですが、なんぞ他の騒ぎが生じましたかな」

と首を捻った。

「まあ、わしのほうに格別に空蔵さんに会う謂《いわ》れはないでな」

と答えた小籐次だが、なんとなく気がかりではあった。

「親分、この秩父の雷右衛門の一件、このままでは終わるまい」

「へえ、赤目様に申し上げるのもなんですが、気をつけて下さいまし」

と秀次が願った。

首肯した小籐次は、

「わしは深川蛤町裏河岸に仕事に参る」

と言い残し、三人三様すっきりとしない気持ちで別れた。

第四章　空蔵の危難

一

小籐次は、万作親方の家の前の水辺に小舟を泊めて、研ぎ仕事をしていた。橋の下のせいで水面を伝う風が吹いて涼しかったからだ。

川の水位は下がったが、未だ濁った水が残っていた。

この日、万作と太郎吉親子の道具を研ぐつもりでひたすら仕事に没頭した。なにしろ久慈屋で時間をとられ、出足が遅かった。

親方がひと休みしないかと誘ってくれたが断わった。ともかくひたすら研ぎ仕事に専心した。

いつしか秋の陽射しが傾いて水面がきらきら光るようになった。

（そろそろ仕舞いか）

という刻限、石段を下りてくる人の気配があった。

小籐次がそちらに視線を向けると版木屋の番頭伊豆助だった。なんとなく気配が険しかった。

「どうしたな、伊豆助さん」

と小籐次のほうから声をかけた。

伊豆助は黙って小舟に歩み寄ると小籐次の前にしゃがんだ。

「空蔵が未だ内藤新宿から戻ってこないのですよ」

「今朝方出かけたのだ、時を要しているのではないか」

小籐次の言葉に伊豆助が頷き、しばし間を置いて質した。

「赤目様は、品川宿と千住宿の殺しをご存じですな」

「秀次親分からざっと聞いただけだ。なんでも同じ輩の仕業だと聞いた」

小籐次が曖昧に頷くと、

「武蔵国総頭秩父雷右衛門」

伊豆助が答えた。版木屋の番頭だ、小籐次の与り知らぬ筋からの情報があってのことだろう。

「内藤新宿の騒ぎも秩父の雷右衛門の仕業ということはあるまいな」

小籐次の問いに険しい顔で、

「さる筋からの知らせが入り、空蔵はおまえさんに話す約束をあとにして内藤新宿に飛んでいった。以来なしのつぶてだ」

と伊豆助が答えた。

「まだ半日しか経っていまい」

小籐次は最前と同じ言葉を繰り返した。

「内藤新宿も秩父の雷右衛門の仕業だそうだ」

伊豆助が険しい表情のまま言った。

「なに、四宿のうち三宿で奴らは、同じ晩に勤めを果たしたか」

「南町では板橋宿に同心を走らせておりますのさ」

「ひと晩に四つも押込みをなすというのか」

「南町もそう考えたから板橋に走らせたのでございましょう。それに内藤新宿の一件、『赤目小籐次　仇を討つ　心して待て　武蔵国総頭秩父雷右衛門』って文字が壁だか、障子だかに麗々しく書き残されていたって話ですぜ」

小籐次は黙って伊豆助の顔を見た。

「わっしが空蔵の身を案じているには曰《いわ》くがあるんですよ」

「秩父の一味に捕まったというか」

「空蔵はね、このような話を摑んだときには、必ず使いを立てて早刷りをするように粗書きを送ってきます。それは小まめなんです。それが噂でかような話が世間に流れているというのに空蔵から連絡《つなぎ》も入らない」

「ということはおまえさんが案ずるように秩父の雷右衛門一味に捕まったか、あるいはもっと真相を知ろうとして探りを続けているか、あるいは今ごろそなたの店に戻っているかの一つであろう。奴らに捕まったという考えは早計ではないか」

伊豆助が小籐次の顔を見ながら黙り込んだ。

「もう少し様子をみないか」

「他の読売屋はこの話を書いて売り出しますぜ」

伊豆助は空蔵の身より商いを案じた。

「ともかくしばらく待とうではないか」

「酔いどれ様は新兵衛長屋に戻られますな」

「わしの家は須崎村だ。そちらに戻る」

「連絡をつけるにもそちらは遠いのだがな」

伊豆助が不満を述べた。

「わしはそなたらの手先ではない、一介の研ぎ屋だ。仕事をせねば暮らしが守れぬ」

「うちと酔いどれ様の仲でしょうが、いささか冷たいな」

「空蔵が一味に捕まったという証はどこにもないのだ。致し方あるまい。ここは我慢の時ではないか」

小籐次の言葉に伊豆助が頷き、橋下から河岸道に上がって行った。小籐次は急いで仕事を片付け、万作親方のところに道具を持って行った。

「版木屋が来たが会ったかえ」

「会った」

「えらく険しい顔をしていたがな」

「親方、この家の前での騒ぎ、どうやらあの浪人どもの頭分が江戸に入り込んでおるらしい」

「なに、あの騒ぎが続いておるのか」

頷いた小籐次が、

「まさかとは思うがこちらも用心なされ」

「じょ、冗談じゃねえ。赤目様よ、当分うちで仕事をしてくれないか」

「昼夜いるわけにもいくまい。そんなわけだ、太郎吉、うづさんや子どもから目を離すなよ」

小籐次は、黙って話を聞いていた太郎吉に言い、早々に小舟に戻ると舫い綱を外して須崎村へと向けた。

「研ぎ代を払ってないぞ」

河岸道から万作親方の声が降ってきたが、

「この次に頂戴しよう」

と願った小籐次はひたすら櫓に力を込めた。なんとなく須崎村も案じられたからだ。

だが、駿太郎とクロスケが迎えに来た望外川荘は平穏だった。

「駿太郎、一郎太と代五郎は屋敷に戻ったな」

「稽古のあと、明日からまた通いが始まるかと嘆きながら戻って行かれました」

「あの者たちは森藩の家来だ、うちにそうそう寝泊まりされて堪るものか」

と言った小籐次は、

「おりょうには当分内緒にせよ」

と前置きして秩父雷右衛門の所業を告げた。

「父上、母上のことはご心配なく。駿太郎がおります」

と言い切った。

「だがな、未だ決まったわけではないが一晩に四宿で押込みを働き、何人もの人間を殺害して金銭を奪っておる。いずれ、この赤目小籐次に刃を向けてこよう」

「油断は致しません」

駿太郎が受け合った。その声に呼応してクロスケも頼もしく吠えた。

小籐次と駿太郎が戻ると、縁側で夕焼けを見ていたおりょうが、

「ご苦労様でした」

と声をかけてきた。

「なんぞ江戸でございましたか」

「格別なことはない」

と応じた小籐次をおりょうはそれ以上質さなかった。

「おまえ様、明日は芽柳派の集いです、ようございますか」

「わしは一日、仕事に出ておる。なんの差支えもない」

と答えながら小籐次は、江戸から須崎村に来る門弟衆から武蔵国総頭秩父雷右衛門の悪行がおりょうの耳に入るのではないかと思った。だが、今わざわざ不愉快な話を告げることもあるまいと思った。

湯に入った小籐次は、おりょうと駿太郎の三人で夕餉を摂った。昨晩の賑やかさに比して静かな一夜だった。

翌朝、小籐次は日が高くなる前に深川蛤町裏河岸に小舟を着けた。するとすでに角吉の野菜舟が泊まっていた。いつもの張り出した板橋ではなく、石垣の下の日蔭に小舟を舫っていた。

「早いな」

「赤目様も早いな」

「芽柳派の集いが望外川荘であるでな、いつもより早めに出て参った。秋だというのに本日も暑くなりそうだな」

小籐次は破れ笠の縁を上げてお天道様を眩しく見上げた。

「ああ、暑くなるぜ。野菜にとって暑さは大敵なんだ。朝の間に売り尽したいな」

小籐次は小舟を日蔭の石垣下に泊めたのはそのせいかと思いながら、

「竹藪蕎麦を覗いてこよう」

と角吉に言った。

小籐次が桶を手に竹藪蕎麦に行くと、美造の女房おはるが店前の掃き掃除をしていた。

「精が出るな」

「おや、赤目様、早いですね」

とこちらでも挨拶された。

「うちのが言ってましたよ、昨日は万作親方のところで仕事をしたんですってね、今日あたりはこちらだってね」

「研ぎを要する道具があれば願いたい。ついでに水を頂戴したい」

刃物を堀の水で研いだあと、最後の洗いは清水で行った。そのための水を得意先から貰うのだ。

小籐次の声が聞こえたか、

「あるぜ、布に包んであらあ。水は勝手に汲んでいきな」

と美造親方が店の中から叫んだ。どうやら蕎麦打ちの仕度をしている様子だ。

小籐次は裏の井戸から釣瓶で水を桶に貰い、

「親方、道具を預かっていく」

小籐次は古布に包まれた刃物と水の入った桶を手に小舟に戻った。すると角吉の野菜舟にはこの界隈の女衆が集まって秋野菜を買い求めていた。

「あとでうちの出刃を研いでおくれ」

と女衆の中から声が掛かった。

「有難い」

小籐次は小舟の研ぎ場を整えた。そして、いつものように仕事を始めた。どれほど時が経過したか、

「赤目様、舟を日蔭に移さないか」

と角吉が小籐次に声を掛けた。気付いてみると、野菜舟も研ぎ舟も強い光に照らされていた。

「おお、これはいかぬな」

二人は小舟を石垣伝いに、川端柳が薄い日蔭を作る水辺に移動させた。

ほぼ竹藪蕎麦の道具の研ぎは終わっていた。清水で刃物を洗い清めたとき、近藤精兵衛と難波橋の秀次親分らを乗せた南町の御用船が姿を見せた。

それを見た角吉が、

「赤目様、ご多忙だね、おれは触れ売りに出てこよう。その刃物、竹藪蕎麦に届けておこうか」

「願おう」

と小籐次は角吉に布包みの道具を渡した。

近藤精兵衛も秀次親分も険しい顔付きだった。

「出かけてくるぜ」

野菜を入れた竹籠を背負った角吉が、手に研ぎ終わった道具の包みを抱えて石垣下から河岸道に上がって行った。そこへ御用船が横付けされた。

小籐次は黙って二人を迎えた。

「赤目様、大事になりました」

「秩父の雷右衛門か」

「へえ、三日前の夜、なんと品川、千住、内藤新宿、そして板橋宿の四宿で押込みを働き、殺す要もねえ年寄りや女を殺して金品を奪っていきやがった」

「やはり板橋宿でも悪さをしおったか」

「悪さなどという言葉を超えておる」

近藤精兵衛が吐き捨てるように言った。

「わしに恨みを抱いている落書きが板橋でも見付かったかな」

「ありました。『赤目小籐次　仇を討つ　心して待て　武蔵国総頭秩父雷右衛門』なる落書きです」

「わしには仇を討たれる謂れはない。偶々《たまたま》この深川八幡橋で知り合いの親子が捕物に巻き込まれそうになったゆえ、手出しをしただけだ」

「赤目どの、さようなことはわれら百も承知です。秩父の雷右衛門の配下の三人を捕まえて北町に引き渡す大手柄を立てられた」

「手柄かどうかは知らぬが、秩父の某はなにゆえわしを眼の敵に致すのだ」

「それは赤目小籐次様がこの江都で一番の武芸者にして人気者ゆえ、名を出して秩父雷右衛門の名を高めようという愚かしい企てと奉行所では見ています」

「迷惑千万にござる」

「一晩で九人の命が奪われ、千二百数十両もの大金が奪われました。その最後の狙いが赤目どののなれば、早晩赤目小籐次どのの前に秩父雷右衛門は姿を見せましょう」

「町奉行所がわしの命を守ってくれるか」

「その要はございますまい」

「年寄りに働かせるつもりか」

「まあ、そういうことになりますか」

近藤精兵衛が平然と言った。

苦々しい顔の小籐次が、

「秩父の雷右衛門とは何者か」

「それが未だ何者か分らぬのです。そればかりか、一晩に四宿に現れ、それぞれが秩父の雷右衛門と認《したた》めて立ち去っております。四つの書体が似ておりますゆえ、一人の書体を真似たであろうと推量されます。となると四人の内の一人が本物で、残りの三人が影武者の秩父の雷右衛門なのか、四人ともが秩父の雷右衛門なのか、未ださっぱり分りませぬ」

と近藤が困惑の表情で言った。

小籐次は二人から空蔵の話が出ないことを訝しく思った。

「近藤どの、親分、空蔵が行方を絶っておることを承知か」

昨夕伊豆助から相談を受けた話をした。

「なんですって、ほら蔵が内藤新宿に行ったあと、行方が分らなくなったと仰るので」

「そう、番頭の伊豆助がわしに言うていきおった。もし昨晩の内に戻っておれば、それはそれでよいがな」

二人が顔を見合わせた。

「内藤新宿の一件がどこからか漏れて空蔵が新宿に走ったとなると、厄介だな」

「内藤新宿で秩父の雷右衛門一味に襲われたのは、何者だ」

「上町《かみまち》で代々飯盛女をおいた旅籠《はたご》を営んでいた吉野屋弐左衛門と女房のおふでの二人で、倅に代を譲って天竜寺の寺地に小体《こてい》な隠居所を造ったそうな。弐左衛門は吝嗇《りんしょく》で知られておりましてな、代替わりの倅に飯盛旅籠を金で譲ったという噂も流れるほどでして、それなりに金子を貯め込んでおりました。この二人と小女が殺されております」

秀次親分が説明した。

「空蔵がどこからこの話を仕入れたか知らないが、天竜寺寺領をあれこれと探っていて、秩父の雷右衛門に捕まったか」

「よし、空蔵の安否を調べようではないか。もし戻っていないとなれば、われら、内藤新宿まで飛ぶことになるぞ」

と近藤が秀次に言った。そして、

「赤目どの、秩父の雷右衛門からなんぞ連絡があれば、即刻南町のわれらにお知らせ願いたい」

と釘を刺した。

「秩父の某がそのような丁重な輩とは思わぬが、江戸を騒がしておることには間違いない。むろんその折は知らせる。親分、空蔵の一件、無事なればよし、未だ行方が摑めぬとなれば久慈屋の大番頭どのにそのこと、言い残しておいてくれぬか。こちらの研ぎが一段落したら芝口橋に回るでな」

小籐次の言葉に頷いた秀次に近藤が急ぎ大番屋へ戻ることを命じた。

「酔いどれ様、いいのかい、うちの包丁など研いでいてさ」

と最前角吉の野菜を買いにきていた女衆の一人が前掛けの下から包丁を出した。

「むろんわしの本業は研ぎ屋じゃからな、有難く研がせてもらう」

一本研ぎ上がるとまた別の女衆がやってきたりして、八つ（午後二時）時分に客足が途絶えた。

角吉は売れ残った野菜をなんとしても売り尽すというので研ぎ上がった包丁を三本預けた。

「よし、研ぎ代も貰っておくぜ」

と約束してくれた角吉に別れを告げて、小籐次は蛤町裏河岸から芝口橋へと急いで小舟を走らせた。

陽射しが白く光るほど水面に反射して強く顔を射た。なんとも奇妙な秋だった。

小籐次は一心不乱に櫓を漕ぎ続けた。

築地川に入り、ほっと安堵した。

芝口橋の川端柳もだらりと垂れていた。

小籐次は小舟を舫うのももどかしく船着場に上がった。さすがにこの陽射しだ、芝口橋の往来の人の姿も少なかった。

久慈屋の敷居を跨ぐと観右衛門が、

「難波橋の親分たちは内藤新宿に向いましたよ」

「ということは空蔵の行方は未だ摑めませぬか」

小籐次の問いに観右衛門が頷いた。

二

空蔵は、汗まみれで手足を縛られ、使われていない蔵のようなところに転がされていた。じっとりとした床で光がわずかに天窓のようなところから差し込んでいた。

（おれは夢を見ているのか）

と思った。だが、頭の後ろを棒のようなもので殴られた痛みが現実であることを教えてくれた。

（どこにいるのだ、いつなのだ）

そんな考えがばらばらに浮かんだ。

空蔵は痛みを堪《こら》えて思い出そうと努めた。

内藤新宿の飯盛宿の主が代替わりして倅に譲り、隠居をしたそうな。それなりに金子を貯め込んでいたことは内藤新宿の上町の住人なら多くの人が噂で承知していた。

その吉野屋の隠居夫婦が押込みに殺されて貯め込んでいた金子を奪われたようだと、空蔵と関わりがあるネタ元の一人が知らせてきた。むろん情報《ネタ》にはそれなりの金銭を払わねばならない。

空蔵は長年読売屋をやっていた勘で、この騒ぎが品川と千住の騒ぎに関わりがあると直感した。そこで赤目小籐次に会う約定を後回しにして、内藤新宿に走ったのだ。ネタ元は吉野屋の隠居の隠居所が宿場の天竜寺寺領にあると告げていた。

空蔵はまず天竜寺界隈へと飛び込んでいった。

だが、土地の御用聞きらが押込みの現場を仕切り、空蔵が入り込む隙はなかった。そこで空蔵は、吉野屋の隠居を承知の人びとを聞き歩いて、ネタを拾い集める仕事をして時を潰した。

夕暮れの刻限、再び天竜寺寺領の隠居所に戻ってみた。すると御用聞きの若い手下が一人、所在なげに立っているだけで他に人がいる気配はなかった。

空蔵は裏手に回り、裏口の戸に手をかけてみると、

すうっ

と開いた。

(しめた)

とばかりに隠居所に入り込んだ。

屋内に人の気配はないように思えた。空蔵は勝手口の戸を音がしないようにそろそろと引き開け、台所に入り込んだ。隠居夫婦と小女が暮らす家の台所だ。さほど広くはない。だが、物が散乱したままだ。

押込みが入ったままになっているように思えた。

秋の夕暮れの光を頼りに台所の板の間に上がり、奥へと進んだ。

血の臭いが濃く漂い、この暑さで異様な臭気を放っていた。当然、殺された三人の骸は内藤新宿の番屋に移されているだろう。

空蔵は凶行の現場に踏み込まないように見て回った。そして、ネタ帳に読売屋必携の矢立の筆を使い、現場の様子を書き込んでいった。

空蔵の足が止まった。

襖に落書きが残されていた。なんと知り合いの名がそこにあった。

「赤目小籐次　仇を討つ　心して待て　武蔵国総頭秩父雷右衛門」

なんということか押込み強盗は酔いどれ小籐次に仇を感じていた。

（なにゆえか）

空蔵は考えた。

なんとなく秩父の雷右衛門の名に記憶があった。

そうか、酔いどれ小籐次が深川八幡橋で三人組の浪人剣術家の二人を斬り捨て、一人を捕まえたが、その者たちの頭分が武蔵国総頭秩父雷右衛門、と言わなかったか。

（なんということか）

空蔵はネタ帳に書き留めながらも思案した。

どれほどの時が流れたか。

小体な隠居所が暗くなった。そろそろ引き上げる刻限だと台所に引き返した。

そのとき、なんとなく人の気配を感じ、最前と家の中の様子が違うように思えた。

（なにかが最前と違う）

と空蔵に教えていた。

空蔵は咄嗟にネタ帳を廊下の雨戸の戸袋に落とし込んだ。ネタ帳は商売柄二ついつも携えていた。

廊下から台所の板の間に戻った空蔵は、辺りを観察した。すると台所の土間の暗がりに人影が見えた。二本差しだと空蔵は思い、恐怖に駆られた。

（役人ではない）

長年の読売屋稼業の勘で分った。

（まさか押込みが戻って来たのではあるまい）

と思いながら空蔵は後ずさりした。

その瞬間、ごつん、と後頭部を殴られて気を失った。

（喉が渇いた）

と思った。

手足が麻縄できつく縛られているのが分った。どうにかならないか、と思ったとき、背中を刀の鞘尻か何かで、強く突かれた。

痛い、と思ったが猿轡《さるぐつわ》をかまされていて言葉にならなかった。

ううう、と呻いた。

すると無言のうちに猿轡が外された。

空蔵は息を吸い込んだ、湿った暑い空気が肺へと入り込んでむせた。それでも最前よりだいぶ楽になった。

空蔵の背後に二人ほど人がいる気配がした。

「なにが起こったんだ」

ようやく空蔵は警戒しながら言葉を吐き出した。だが、答えは返ってこなかった。そして、こちらを観察している気配がした。

「何者か」

在所訛りの武家言葉が尋ねた。

「近くの者ですよ、ちょいと吉野屋の隠居と知り合いだもんで、なにがあったのか知りたくてこの家に入り込んだだけでさ」

空蔵が同情を引くように弱々しい口調の言葉を吐いた。

「近くの住人だと。江戸の読売屋であろうが」

別の声が言った。

空蔵の体にぞくりとした悪寒が走った。当然のことながら持物を調べての尋問だ。

空蔵は黙って考えた。

「おまえさん方こそ何者ですね」

薄ら笑いの気配がした。そして、ぼそぼそと二人は小声で会話を交わした。訛りが強く半分も空蔵には理解がつかなかった。だが、空蔵を始末するかどうか、話していることは理解できた。

(こやつら、秩父雷右衛門の仲間だ、なぜすでに押し込んで三人を殺し、金を奪っていった現場に戻って来たか)

「じょ、冗談じゃねえぜ」

空蔵は必死で声を荒らげた。

「おまえさんたちの仇の赤目小籐次のことをおれはよく知っているんだよ」

空蔵の言葉に二人が黙り込んだ。

「確かか」

一人が確かめた。

「おお、芝口新町の長屋に住んで研ぎ仕事をしている年寄り侍だ」

二人が黙り込んだ。

しばし沈黙していたが一人が立ち上がり、空蔵が手足を縛られて転がされている前へと移動してきた。

刀を鞘ごと抜いた。

「な、なにをするんだよ。おまえさんたちの役に立つ男だぜ」

空蔵は生きていたい一心であれこれと喋った。

「赤目小籐次は強いそうだな」

背後の侍が尋ねた。

「世間で言われているほど強くはねえよ。だってもう五十をいくつも超えた爺だぜ。若いおまえさん方のように力はないよ」

背後の侍が無言で空蔵の前の仲間に合図をしたのか、足先で空蔵は転がされ仰向けにさせられた。

れていた。

「な、なにをするんだよ」

刀の鐺《こじり》が鳩尾《みぞおち》に突っ込まれ、意識を失った。そして、今、別の場所に連れ込まれていた。

「くそっ、一人で逸《はや》り立ち過ぎたか」

ここのところ赤目小籐次の大ネタを山猿の三吉に奪われていた。ここいらで一発大きなネタをとしゃにむに内藤新宿までやってきたところで、大失態を犯した。

(それにしてもあの二人なぜあの現場に戻って来たのか)

そのことが気になった。

(ここはどこだ)

内藤新宿の天竜寺寺領の隠居所で捕まったのだ。あの二人がさほど遠くに空蔵を運び込んだとも思えない。つまりは未だ内藤新宿の破れ家の蔵かなにかに押し込められていると推量した。

なんとかして手の麻縄を解かなければ、と空蔵は手首の痛みを堪えて動かし始めた。

小籐次が須崎村の望外川荘に戻ったのは、六つ半の刻限だった。

空蔵のことも気になったが、こちらは難波橋の秀次親分に任せよう、事がもう少しはっきりしてから手伝えることがあればと思ったのだ。それに秩父雷右衛門が小籐次を仇と狙う以上、望外川荘に目を向けることは当然考えられた。そこでともかく芝口橋から小舟を飛ばして須崎村に戻り着いた。

しかし、クロスケも小籐次の帰りに気付かないのか、出てくる様子はない。

(なんぞあったか)

急ぎ湧水池の船着場から林を抜けて不酔庵の傍らに差し掛かり、望外川荘に客があることが分った。

老中青山忠裕《ただやす》の密偵中田新八とおしんの二人が、おりょうや駿太郎といっしょに蚊遣りを焚いて談笑していた。クロスケも沓脱ぎ石に寝そべって話でも聞いている風だった。

「これ、クロスケ」

小籐次の声に飼い犬が慌てて沓脱ぎ石から立ち上がり、小籐次のところに飛んできた。

「お帰りなさい」

おしんが小籐次を迎えた。

「なに、この刻限に茶だけか」

小籐次は新八とおしんの前に茶しか出ていないことを気にかけた。

「主が戻ってこられるまでは夕餉や酒はよいと固辞されまして」

とおりょうが言い訳した。そして、

「おまえ様、なにはともあれ湯殿で汗を流して下さい。その間に膳を用意しておきます」

おりょうの言葉に小籐次は、それでよいのか、という顔で二人を見るとおしんが頷いた。

小籐次はその足で湯殿に行き、汗を流しておりょうの仕度していた浴衣に着替えて、

「お待たせ申したな」

と居間にさっぱりとした姿を見せた。

膳は四つ、駿太郎は台所でお梅や百助と夕餉を摂るように、おりょうが判断したには、二人がなにか話があってのことだと分った。

「火急の用事かな」

小籐次は、二人の酒器に酒を注ぎながら尋ねた。

「まあそのようなことかと」

と曖昧に返事をしたおしんが、

「赤目様もご多忙ではございませぬか」

と反対に問い返した。

「まずは一献傾けようか」

小籐次の言葉に四人は、盃の酒をそれぞれ口に含んだ。そして、小籐次が言った。

「懸念がないこともない」

「武蔵国総頭秩父雷右衛門の一件ですね」

「おしんさん方も掴んでおられるか」

「押込み強盗は町奉行所の役割ですが、赤目小籐次様の名が出てくるとなると、こちらにもその筋から伝えられます」

とおしんは答えた。

「四宿で四家が同じ夜に押込みに入られ、都合九人が殺されて、大金が奪われていった」

「おや、私どもに伝えられたのは三宿でしたが、板橋宿もあの輩に襲われましたか。ただの押込みとはいささか違うようです、赤目様」

おしんの言葉に小籐次が頷き、おしんがさらに糺した。

「板橋宿もやはり赤目様に宛てた落首ごときものを残していきましたか」

「と、南町奉行所から聞いておる。それにな、内藤新宿に調べに入った読売屋の空蔵なる、わが知り合いの者が行方知れずになっておる。ただ今、南町の近藤同心と難波橋の秀次親分が、空蔵の安否を確かめに内藤新宿に行っておる」

「もしやして読売屋は、秩父の雷右衛門一味に捕まったと考えておられるので」

中田新八が小籐次に尋ねた。

「版木屋の番頭伊豆助はそのことを気にして、わしの仕事先にまで訪ねてきおった。だがな、一晩くらい連絡《つなぎ》が取れずとも読売屋であれば不思議はなかろうと答えたのだがな、なんとなく気にはかかっておるのだ」

小籐次が正直に内心の懸念を告げ、二人を見た。

「赤目様、秩父の雷右衛門に関わりがあるとしたら、深川の八幡橋の一件でございますね」

「むろんわしが園田香五郎らと関わりになったのは、偶さか万作親方の家の前のことだ。その折、うづさんが子を抱いて立っておった。なんとかその二人を巻き込みたくなくて、刀を抜くことになった。こたびの四宿の騒ぎを考えると、園田ら四人は、秩父雷右衛門の先遣隊であったかのう」

小籐次の盃におりょうが酒を注ぎ、おしん、新八のそれにも満たした。

「押込み強盗にしてはえらく道具立てが派手にして、残虐ではありませぬか。金が目当てというわけではないのではございませぬか」

新八が小籐次に問うた。

小籐次は盃を手にしたまま沈思した。

「世間を騒がすためにわしの名を使ったというか」

こんどは二人が沈黙した。

「南町も武蔵国総頭秩父雷右衛門が一人なのか二人なのか、あるいは四人なのか断定できずにおる。四組が同じ夜に品川、千住、板橋、内藤新宿で押込みを働くには、大勢が動かねばなるまい。さような大勢の配下を動かすにはそれなりの理由《いわく》がなければなるまい」

「で、ございましょう」

おしんがわが意をえたりという顔で答えた。

「老中はこのことを承知か」

「承知です。ゆえに私どもがこちらにお邪魔致しました」

「老中青山様を毛嫌いなさるお方が幕閣におられて騒ぎを起こしておると考えられたか」

「赤目様、どう思われますか」

「わしには政《まつりごと》は分らぬ」

「これは政ではありますまい。人のだれにでもある妬み、あるいは出世欲ではございませぬか」

「老中青山様を妬んで、そのご仁が青山様にとって代わりたい所存か」

「ところが青山様の背後には赤目小籐次様が控えておられる」

「中田どの、わしの名を老中と並べてどうなるというのだ、それは考え過ぎであろう。のう、おりょう」

小籐次はおりょうに話を振った。しばし思案をしたおりょうが、

「中田様もおしんさんもなんぞ確証があって、須崎村を訪ねてこられたのではございませぬか」

との返答におしんが、

「確証があればよいのですが、未だ推測の段階にございます」

と答えた。

小籐次は、おしんの言葉を真っ正直に受け取るべきかどうか迷ったまま、盃の酒を飲んだ。

「中田どの、おしんさん、わしはそなたらと違い、老中青山忠裕様の家臣ではない。ゆえにさような考え方や推論があろうとなかろうと、空蔵の命が危うければ手を差し伸べ、秩父の雷右衛門の手がこの望外川荘に伸びるようなれば、身を賭して阻む。時によっては斬り捨てる。秩父の雷右衛門がどなたの指図で動いていようなどは関わりがないことよ」

「赤目様、殿のご意志も全く赤目様と同じかと存じます。世間を騒がせ、すでに九人の命を奪った非情の輩に憐憫《れんびん》は無用と吐き捨てられました」

おしんは用事が終わったという顔で言い切った。

三

翌日、小籐次はいつものように仕事に出た。船着場まで見送ってきた駿太郎に、通い門弟の創玄一郎太、田淵代五郎の二人をわしが帰るまで止《とど》めておけ、と命じた。

「母上を守るのは駿太郎の手に余るとお考えですか」

「駿太郎、相手のことがよう分らぬのだ。用心するのは当然のことだ。推量じゃが一晩に四宿で押込みを働くとなると、かなりの陣容が要ろう。そなたら三人ですら無勢なのだ、細心の注意を払うことは臆病でも怯懦《きょうだ》でもない。武芸者の心得だ」

しばし考えた駿太郎が、

「分りました」

と答えた。

小籐次は、秋の朝の大川と江戸の内海を小舟で進み、まず芝口橋の久慈屋へ向った。店を訪ねると、早速観右衛門が難波橋の秀次からの文が届いていると差し出した。文面は走り書きに近く、

「空蔵はやはり相手方の手に落ちたと推測されます。

赤目様、至急内藤新宿にお出で下され　秀次」

とあった。

小籐次は文を観右衛門に見せ、

「わしも須崎村に文を認めておきたい」

と願うと若旦那の浩介が直ぐに筆、硯、巻紙を小籐次に運んできた。

浩介は寡黙だが店の奉公人や客の行動をしっかりと見ていた。昌右衛門《まさえもん》のよい跡継ぎになるのは間違いない。

「浩介さん、忝《かたじけな》い」

礼を述べた小籐次はおりょうに宛てて、書状を認めた。

「一郎太と代五郎をわしが戻るまで寝泊まりさせよ」

と空蔵が苦境に落ちたことを書き添えて命じた。さらに森藩の近習頭池端恭之助に向けて、二人の家臣を数日借り受けたいと騒ぎに巻き込まれたあらましを認め、決着が付いたら森藩の剣術指南の勤めを必ず果たすとも書き添えた。

「大番頭どの、この二通の文を芝元札之辻の森藩上屋敷と須崎村に届けさせてくれませぬか」

と願うと、観右衛門が手代の国三を呼んで即座に命じた。

「畏まりました」

と答えた国三が小籐次に、

「森藩上屋敷から須崎村の順でようございますか」

と聞いた。それでよい、と答えたところに版木屋の番頭伊豆助が青い顔をして難波橋の秀次親分の手先銀太郎といっしょに顔を出した。

「赤目様」

伊豆助が呻くように言った。

「秩父の雷右衛門の手に落ちたようだな」

「これまで四宿で九人を酷《むご》くも殺した手合いです、空蔵も」

「番頭さん、さようなことは考えぬことだ。今は空蔵が生きていて、わしがなんとしても助け出す、そのことを念じておれ」

「はい」

伊豆助が情けない顔で答えた。

小籐次は秩父の雷右衛門一派に空蔵が捕まったのなら、直ぐに始末されることは有り得ると思った。

「銀太郎さんや、なぜ親分は、空蔵があやつらの手に落ちたと判断なされたな」

銀太郎は親分の文を持って内藤新宿から使いに立たされたのだろう。となると当然銀太郎は詳しい事情を承知と思えた。

「へえ、吉野屋の隠居所に空蔵さんは裏口から潜り込んで屋内を探索したもようなんで。そこでなぜか戻って来た一味に出くわし、空蔵さんは手にしていたネタ帳を雨戸の戸袋に投げ落とした。なにかあったときのことを考えてと思われます。ネタ帳はあれこれと走り書きがございましたが、伊豆助さんに空蔵さんのものと確かめてもらいました」

銀太郎は懐のネタ帳を出して小籐次に見せた。

「なんぞ手がかりが認めてあるか」

「いえ、隠居所の様子とか、盗賊一味の赤目様への恨みの文言とかが書かれているだけです。秩父の雷右衛門のことは一切触れられておりません」

小籐次はしばし沈思した末に、

「よし、内藤新宿に参ろうか、銀太郎さんや、案内を頼む」

と願った。

日本橋から内藤新宿まで二里だ。芝口橋の久慈屋からでもほぼ同じ距離とみていい。

小籐次は銀太郎の道案内で半刻を少し超えた程度の早足で天竜寺寺領の隠居所に辿り着いた。するとそこに秀次親分がいて、土地の御用聞きと思える男と話していた。

「おお、ちょうどいいところに赤目様がお出でになった」

秀次が言うと、

「いえね、この内藤新宿の仲間の子安の稲吉親分のもとへ、千駄ヶ谷村の破れ家から悲鳴が聞こえるってご注進が入ったところなんで」

子安の稲吉はほぼ秀次親分と同年配の男で顔がしっかりと日焼けしていた。それだけ町廻りをしているという証だろう。

「空蔵かな」

「それが全く分りません。悲鳴を聞いた土地の者は、この隠居所で三人が殺されたことを承知してますんでね、まず子安の親分のもとへ知らせに来たってわけで」

小籐次は御用聞きから離れて立っている百姓風の男を見た。

「ならばその声の主が空蔵かどうか確かめに参ろうか」

小籐次の言葉に子安の親分が知らせに来た男に、

「種三さん、頼まあ」

と命じた。

種三に導かれて天竜寺寺領から玉川上水沿いに上がっていくと、七、八丁で千駄ヶ谷村に行きついた。

その悲鳴が聞こえていたという破れ家は、多聞院という寺の東側の小さな林の中にあった。だが、辺りは静かだった。

「お、親分、確かに声がれした叫びが聞こえていたんで」

種三が困った顔で言った。

「まあ、いい。調べてみれば分る」

子安の稲吉がいい、破れ家の傾きかけた家の戸をがたぴしと押し開けた。

ひんやりとした空気が小籐次らの顔を撫でた。破れ家に人が住んでいるあとがあった。だが、御用聞きの親分二人と子分たちが、どどっと破れ家に上がり込み、探したがだれもいなかった。

小籐次は一人破れ家の土間に立っていた。すると外の方からうめき声が聞こえてきた。これまた古びて壁が落ちかけた蔵からその声は聞こえてきた。

「親分方、声は蔵からじゃ」

声を掛けた小籐次は破れ家の横手に建つ蔵へ走った。

「だれかおるか」

扉には外から閂《かんぬき》が掛けられていた。

小籐次が閂を外すと、重い扉を開けた。すると奥の方からうめき声が聞こえた。

秀次らも駆けつけてきた。手先の一人が提灯を用意していた。

小籐次は提灯に灯りを点《とも》すのを待たずに奥へと進んだ。すると古びた長持ちの傍らに手足を縛られ、猿轡がとれかけた男が弱々しく息をしていた。

「空蔵か」

小籐次の声にぴょこんと男が顔を上げた。乱れた髷《まげ》の男がしげしげと小籐次を見て、

「酔いどれの旦那」

と言った。

「空蔵、悪運の強い男じゃな」

「そ、そんなことより、よ、酔いどれ様よ、な、縄を切ってくんな」

助けを呼ぶために叫び続けて、かすれ声になったのであろう。

小籐次は一本差しの次直を抜くと空蔵の縄目を次々に切った。

「だ、だれか水をくれませんか」

大勢の人間に囲まれた空蔵が願った。

子安の親分の手先が外へと飛び出して行き、どこから汲んできたか、古柄杓の水を空蔵に突き出した。そいつをひったくるようにした空蔵が喉を鳴らして飲んだ。そして、

ふうっ

と息を吐いた。

「ようも殺されなかったな」

小籐次の言葉に空蔵が恨めしそうに見上げた。

「おれが死んだほうがよかったか」

「読売が売れよう」

「おれが殺された話で読売が売れるか」

「酔いどれ小籐次様の話より売れまいな」

一先《ひとま》ず安堵した様子の難波橋の秀次親分が言った。

「読売屋が自分のネタで読売に載るなんてご免だぜ」

「まあ、それだけ声が出れば事情も話せよう、捕まったのは隠居所か」

「ああ、表には手先が一人いたがよ、裏に回ると戸も開いていた。だからさ、中に入って見て回っていたと思いなせえ」

子安の稲吉親分が舌打ちした。表の手先は稲吉の配下の者だろう。

「秩父の雷右衛門一味が戻って来たか」

「人の気配を感じたんでよ、ネタ帳を雨戸の戸袋に落とし込んだ」

空蔵がちょっと自慢げに言い、語を継いだ。

「台所に行ったら人影が一つあった。おれがなにか言った途端に後ろから頭を殴られて気を失った。一度目覚めて男らと話したが、腹を突かれてまた気を失った。次に気付いたら、ここに縛られていたんだよ」

「相手は秩父の一味か」

小籐次は問いを繰り返した。

「まだ頭も鳩尾も痛いぜ」

「問いに答えよ。この体験話をネタに読売でひと儲けしようなどと考えるでない。難波橋の親分も子安の親分方も走り回ってそなたの行方を探し回ったのだ」

「そんなこと考えてないよ」

と言った空蔵の声が最前より小さかった。

「答えよ」

「秩父の雷右衛門一味の二人だ」

空蔵との問答は小籐次がなした。二人の親分も小籐次に任せたほうがよいと判断したのだろう、口は挟まなかった。

「一夜のうちに四宿で押込みを働き、九人も殺めた一味にしてはそなたをようも生かしていたな」

「そこだ。おれを殴りつけた一味二人は、内藤新宿を下調べして金を隠していそうな者に目星をつける役の男たちだ。一人は三枝、もう一人は坪内と呼び合っていた。おれが気を失っていると思ってよ。あやつらの話を聞いた。あの二人、秩父の雷右衛門のやり口が怖くなったようで、内藤新宿の押込みのあと、密かに一味から抜けたんだよ。というのもな、あの隠居所には未だ金子が隠し残されていると考えてやがるんだ。おれがあやつらに見つかったのは、その隠し金を探しにきたときのことだ。おれを連れて、この家に引き上げてきたようだ、その道中は全く覚えてない」

「三枝と坪内は、隠居所の隠し金を探し当てたのか」

空蔵がしばし考えて、

「未だだと思う」

と答え、

「おれが捕まった騒ぎでまた町方が出入りするようになった。そこであやつら、事が静まるのを待っているのだ。この界隈にいないか」

と空蔵が小籐次に反問した。

「この蔵の母屋がある。そちらに人が寝泊まりしておる気配が見える」

「必ず戻ってくるぜ。二人して銭がない様子だもの」

「秩父の雷右衛門についてなんぞ話したことはないか」

「あやつら、武蔵国総頭秩父雷右衛門に会ったことがない様子だったな。なにしろ押込んだ先の人間はすべて口を封じよ、と命じられているらしいや」

小籐次が秀次親分を見た。

秀次がしばらく思案して、

「戻ってくるならば待ちますかえ」

「待って捕まえ、秩父の雷右衛門についてなんでもよい、聞き出すか」

「それが宜しゅうございますよ」

その言葉を聞いてよろよろと立ち上がろうとする空蔵を、

「まあ、待て。急ぐことはあるまい、もう一度縛られておれ」

と小籐次が命じた。

「はあー、おれは縛られたくない。もう結構だ」

「ならばこの話、山猿の三吉に漏らすことになるぞ」

「そりゃ、ひでえ」

「なにがひどい。何事も命を張ってやるからこそ、一人前の仕事となる。それが分らぬか」

「くそっ」

と空蔵が吐き捨てた。

秀次親分が銀太郎らに顎をしゃくり、銀太郎らが、

「はいはい、ほら蔵さんよ。もう一度この場に縛られていな」

と手際よく捕縄で空蔵の手足を縛っていった。

「おい、酔いどれ様、おれ一人かよ」

「その二人が戻って来たときが、読売屋の腕の見せ所だ。なんでもいい、聞き出してみよ。さすればそなたの読売の売れ行きもよくなろう」

「酔いどれ様、おめえさんは近くにいてくれるな」

「長年の誼《よしみ》だ、案ずるな」

と小籐次らは蔵の中を元のままにして外に出て、門を掛けた。

秋の陽は釣瓶落とし、西に傾き、夜が訪れた。

三枝某と坪内某が戻ってきたのは、八つ半の刻限だ。

千駄ヶ谷村は真っ暗で、下野《しもつけ》宇都宮藩の戸田家の下屋敷の湧水池から流れ出した疏水《そすい》のせせらぎの音が響いていた。

「蔵の中を見ていくか」

と闇の中から声がして小籐次は、その気配を待ち受けた。

閂が外され、火打ち石で灯りが点された。

「こやつ、どうしたものか」

「今晩にもあの隠居所に忍び込み、残された隠し金を見つけて高飛びしよう。もし、あやつに運があればだれぞに助けられよう」

「ああ」

「ともかく一味に見つかればわれらの命も吹っ飛ぶ」

ともう一人が言った。

「おまえさん方」

空蔵が声をかけたのはそのときだ。

「なんだ、おまえ、元気を取り戻したか」

三枝某が言った。

「頭も鳩尾も痛てえよ、だがな、読売屋の空蔵、このままでは死に切れねえ」

「やっぱり読売屋か」

「ああ、江戸ではちょいと知られた読売屋の空蔵だ。武蔵国総頭秩父雷右衛門なる人物とは一体全体何者だ、一人なのか何人もいるのか」

三枝の問いに空蔵が問い返した。

「知りたいか」

「知りてえ」

「だがな、われらも分らぬ」

と坪内が応じた。

「だってよ、あの隠居所に押し込んだ夜、板橋、千住、品川宿で同時に動いて、一夜にして大金をせしめてよ、何人も殺したんじゃないのか。武蔵国総頭なんて御大層な名の頭がいなくて、そんなことができるのか」

「さすがに読売屋じゃな、よう承知だ」

「だが、われらも内藤新宿の秩父雷右衛門が本物の武蔵国総頭かどうか知らぬ。

われらは一味本隊とは別に下調べをなすために雇われておるだけだ、わずかな日当金でな」

「吉野屋の隠居所を探したのはおまえさん方か」

「ああ」

「吉野屋の隠居は吝嗇で有名だそうだな、隠居所に何箇所かに分けて金を隠している、違うか」

空蔵の問いに二人が黙り込んだ。

「おまえさん方は隠し金を探し当てようと潜り込んでおれを見つけた」

沈黙のあと、一人があぁ、と返答し、二人が顔を見合った。空蔵の始末を考えてのことだろう。

空蔵は不意に問いを変えた。

「武蔵国総頭秩父の雷右衛門なんていないんじゃないか」

「いや、押込み組がぴりぴりしているところを見ると、いるな」

と三枝が言った。

「そして、その背後にさらに大物が控えているそうな。ゆえになにをやっても安心というのだが、われらは正直信じられなくなった」

「今晩またあの隠居所に押し入って隠し金を探すのか、止めておいたほうがいい。十両盗めば首が飛ぶ、それが世の習いだ」

「やはりわれらの話を聞いておったか」

「まずいな」

　と二人が言い合った。

「三枝、今晩、隠居所を掻き回し、なんとしても残っているはずの隠し金を探す。あの爺様、なかなか金銭にはしわいと聞いた。そんな爺の隠し金は一箇所ではない、倅すら知らない金が必ずある」

　と坪内が言い切った。

「そのあと、始末するか」

「致し方あるまい」

　と坪内が言ったとき、蔵の表に小さな人影が立った。

「何者か」

「おめえさん方を小伝馬町の牢屋敷に送り込むお使い様よ、またの名を酔いどれ小籐次、と呼ばれるがね」

　と空蔵が嘯《うそぶ》いた。

四

武蔵国総頭秩父の雷右衛門一味から抜けようとしていた三枝喜三郎と坪内俊次の二人は、赤目小籐次や難波橋の秀次、子安の稲吉の両親分の手下らに囲まれて、意気消沈していた。

千駄ヶ谷村の破れ家の蔵の中で調べが行なわれた。

だが、二人が承知していたことは、読売屋の空蔵が隠居所で二人に捕まったあと、二人が喋るのを、気を失った体で聞いたことにさほど付け加えることはなかった。

二人が内藤新宿で秩父の雷右衛門一味に会ったのは一月も前のことだという。内藤新宿で怪しげな飯盛宿や賭場の雇われ用心棒をしていたときに、雷右衛門を名乗る三十五、六の剣術家と知り合った。

金に困っていた二人は、内藤新宿で金を貯め込んでいる隠居所の老夫婦か、妾宅を探してこないか、うまく仕事を成し遂げれば一味に加えてもよし、押込みで得た金子の二割を渡すという約定でもよし、という申し出に飛び付き、賭場で小耳に挟んだ話から天竜寺寺領の吉野屋の隠居所を見つけてきたのだ。

三枝と坪内の二人は、隠居所に押し入る一味の残虐非道を目の当たりにして、

「こいつは危ない、深入りをしてはならない」

と思ったという。そこで隠居所で四百両余りの金子を見つけた一味に、

「割り前」

を頂戴したいと申し出ると、

「江戸を承知か」

と雷右衛門に問い直された。その言葉で秩父の雷右衛門が江戸に不案内だということを察した。

「江戸には何年も住んでいたゆえ承知だ」

と三枝が答えると、

「もう少しわれらと仕事をしろ、割り前はそれからだ」

と突っ撥ねられた。三枝と坪内は、

「これ以上は嫌だ」

と答えようとしたが、余りにも悪辣な所業に文句も言えず五人組と行動をともにして江戸に入った。

確かに雷右衛門は日本橋がどこにあるかも知らず、一味全員が江戸の地理に疎《うと》かった。

三枝らは安宿を探せと命じられ、馬喰町《ばくろちょう》の旅人宿に連れていき、目についた看板を見て、相模屋正左衛門方に案内した。その旅人宿の二部屋に七人が詰め込まれたとき、雷右衛門が、

「柳橋なる場所を承知か」

と聞いた。頷く二人に、

「案内せよ」

と命じて五人で何事か話し出した。

話の場からのけ者にされた三枝と坪内は、しばらくして雷右衛門に柳橋の船宿への道案内を命じられた。船宿には目当てがあるらしく、神田川に架かる柳橋に着くと雷右衛門が命じて、

「そなたらは一刻ほどこの界隈をぶらついていよ」

と船宿の一軒の暖簾《のれん》を潜った。

しばらく大川と神田川が交わる川辺にいたが、二人は予《かね》てから内々に話し合っていたことを実行するために、内藤新宿にとんぼ返りしようとの考えで一致した。

天竜寺の隠居所を調べ上げたとき、吉野屋の隠居が金子に強欲で倅すら知らない隠し金を分散して隠居所に置いてあることを小耳にしていたのだ。

雷右衛門らは、吉野屋の隠居を責めて隠し金の一つを見つけると、あっさりと隠居夫婦と小女を始末したのだ。

あの隠居所には別の場所に金が隠してある可能性を三枝らは雷右衛門に告げていない。ともかく隠居所から金をくすねて秩父の雷右衛門一味から遠くへ逃げることを考えていた。

だが、内藤新宿に戻ってみると、隠居所に大勢の御用聞きがいて、その内町奉行所の同心らしい者まで姿を見せた。

しばらく間を置くしかあるまいと二人で話し合い、下調べのときに見つけておいた千駄ヶ谷の破れ家に寝泊りして様子を窺うことにした。そして、隠居所から御用聞きらの姿が消えたと思ったとき、忍び込んでみると空蔵とばったり出会ったというわけだ。

「われらは秩父の雷右衛門に命じられて下調べはしたが、まさか年寄り夫婦や小女をああ、あっさりと殺めるなどとは知らなかったのだ」

と坪内俊次が言い訳をした。

「おめえさん方の言葉が嘘か真か、秩父の雷右衛門一味を捕まえたとき、分ることだ」

秀次親分が吐き捨てるように応じ、

「おめえさん方が吉野屋の隠居の金をくすねようとしたことは自ら喋ったゆえ間違いあるまい。押込みの下調べをし、金をくすねようとしたそれだけでも十分罪《つみ》科《とが》ですぜ。だがよ、奉行所にも情けはある。秩父の雷右衛門一味が何者か、思い出して喋りなせえ。このままだと、おまえさん方二人も獄門台に首を晒すことになるぜ」

と脅し付けた。

「獄門台などご免だ。われら、押込みにも殺しにも関わりない。ただ表で見張っていただけだ」

と三枝も哀願するように言った。

「おめえさん方はおれを殴りつけたり、刀の鐺で鳩尾を突いたりしやがったな。あれだって悪行だぜ」

空蔵の言葉に、

「す、すまなかった」

と三枝が詫びた。

「おめえさん方は秩父の雷右衛門が一人ではないことを承知していたな」

空蔵の問いに三枝と坪内が顔を見合わせた。

「話しな、おめえさんらが命を長らえるただ一つの道だ」

と秀次親分が言った。

「われら、確かに雷右衛門の命で内藤新宿の吉野屋の隠居所を見つけて知らせた。だが、あの者たちは実に口が堅いのだ、われらの前ではなにも喋らないのだ。だから、あやつらが何者かよくは知らない。だが、いくら喋らないといっても仲間の五人では話をする、その言葉の端々が耳に聞こえて来た。江戸に着いて分ったことだが、あの者たち、内藤新宿だけではなく、品川でも千住宿でも同じような押込みを働いたそうだな。一夜にしてさような話があるものか、と坪内と話していたとき、不思議なことが起こった。柳橋の河岸道の暗がりに二人して立っていたときのことだ」

と三枝が言った。

「なんだえ」

秀次が三枝に畳みかけた。

小籐次はただ秀次らの尋問を黙したまま聞いていた。

三枝と坪内の二人が残酷無情な秩父の一味とは思えなかった。下調べに利用されただけだろう、いずれ始末をされる身であった。ということは、空蔵が生きているのも秩父の雷右衛門一味ではなく、この二人に捕まったからだと思った。

「大川から猪牙《ちょき》が入ってきた。二人の侍が乗っていた」

三枝がそのときのことを思い出すように言った。

「それが、なんとわれらが船宿の前で別れたばかりの秩父の雷右衛門と瓜二つの人間が二人、舟に乗っていたのだ。唖然としたが、常夜灯の灯りでしっかりと確かめるように見たから間違いない、秩父の雷右衛門に似た人物が他に二人もいた」

坪内が言い添えた。

「われらが一味から直ぐに逃げようと思ったのはそのときだ」

三枝が最後に言った。

場をしばらく沈黙が支配した。

「三人の秩父の雷右衛門な、四人目がいたかもしれねえな」

秀次親分が呟いた。

佐伯泰英／近刊のお知らせ

9月2日

《文春文庫》
新・酔いどれ小籐次 6
『らくだ』

酔いどれ小籐次【決定版】
❻ 10月7日『騒乱前夜』
❼ 11月10日『子育て侍』

10月12日

《光文社文庫》
吉原裏同心 25
『流鶯《りゅうおう》』

11月15日

《ハルキ文庫》
鎌倉河岸捕物控 29
『お断り』
「佐伯通信」第35号が入ります。
（初版の初回出荷分にのみ挟み込み）

11月29日

《新潮文庫》
新・古着屋総兵衛 13
『虎の尾を踏む』

※発売日は予定です

《祥伝社文庫》
新装改訂版
『完本 密命』
発売予定

9月14日《巻之十五》
『無刀《むとう》 父子鷹《おやこだか》』

10月13日《巻之十六》
『烏鷺《うろ》 飛鳥山黒白《こくびゃく》』

金杉《かなすぎ》家への文コンテスト開催中！
詳細は発売中の『完本 密命 巻之十四 遠謀 血の絆』をご覧ください。

月に一度の遠足気分

松本大輔
文藝春秋文春文庫
「酔いどれ小籐次」
シリーズ担当

佐伯先生も「熱海だより」で触れていらっしゃいますが、連続刊行中の『酔いどれ小籐次決定版』には、巻末に短い読み物を付しています。今のところ、私たちがその巻の舞台となった土地を訪ね、ルポしています。これが楽しい。

第５巻『孫六兼元』では、小社営業部員のＫ君が、小籐次に倣って高尾山の琵琶滝で滝行に挑戦しています。お読みくださった方は「Ｋ君は頑張ったが、編集Ｍ（私のことです）は見ていただけか？」と思われたかもしれません。いえいえ、私だってあの後、Ｋ君を下山させ、単身、滝から山頂まで全力で登ったのです。所要時間45分。なかなかのものでしょう。富士山がまるで書き割りのようにクッキリ見えました。滝行話だけでページを使い切ったので、記事には活かせませんでしたが……。

さて、次はどこに行こうかな？

（「酔いどれ小籐次」シリーズは、別宮ユリア・松本大輔で担当しています）

近刊・作品情報はこちらでもチェックできます。
http://www.saeki-bunko.jp　佐伯泰英　ウェブサイト　検索

2016年の「佐伯通信」は、佐伯泰英事務所が下記出版社の協力のもと発行いたします。
㈱文藝春秋、㈱角川春樹事務所、㈱双葉社、㈱光文社、㈱新潮社

「年恰好、風采もいっしょというのだな」

小籐次が初めて口を開き、念を押した。

二人が御用聞きと読売屋の中で異彩を放つ小籐次を訝しげに見た。

「おめえさん方、このお方を知らないか」

空蔵の問いに二人が首を振った。

「酔いどれ小籐次こと赤目小籐次様だ」

三枝も坪内も一瞬、えっ、という表情を見せ、

「あの『御鑓拝借』の赤目小籐次、いや、赤目様か」

空蔵が得意げに頷いた。

坪内が、ごくりと唾を音を立てて飲み込んだ。

「兄弟か、あるいは三つ子と思えるくらいすべてがそっくりだった」

三枝が答えた。

「おめえさん方、吉野屋の現場を承知だな」

秀次が糺した。

「悲鳴のあと、中に入ったから見た」

「襖になにが書いてあったか見たかえ」

「ああ」

坪内が秀次の問いの意味を知って小籐次を見た。

「なんと書いてあったえ」

秀次が繰り返して問うた。

「われらが座敷に入ったとき、秩父の雷右衛門が襖に墨書しておった。『赤目小籐次　仇を討つ　心して待て　武蔵国総頭秩父雷右衛門』と麗々しく認め、われらを見て、にたり、と笑い、『見たことをすべて忘れよ』と命じた」

三枝の言葉に続いて坪内が、

「なぜ秩父の雷右衛門が赤目小籐次様に仇を持つ」

と聞いた。

「覚えがないと答えておこうか」

と小籐次が答え、

「よし、二人を引っ立てるぜ」

と秀次が手先たちに命じた。

秩父の雷右衛門三人が入った柳橋の船宿神田川は、小籐次も見たことがあった。

大酒会が催された万八楼の直ぐ近くだった。

難波橋の秀次親分に従い、小籐次が暖簾を潜ると、

「おや、難波橋の親分さん、珍しゅうございますね」

と男衆《おとこし》が言い、従う小籐次を見て、

「これはこれは、江都に名高き酔いどれ小籐次様ではございませんか。一体全体どういう風の吹き回しでございますか」

と問い直した。

「與助《よすけ》さん、つい先日のことだ。こちらに少なくとも三人の年恰好、形《なり》もよく似た武士が座敷に上がらなかったかえ」

「三人ではございませんぞ、親分さん」

「四人かえ」

與助と呼ばれた男衆ががくがくと頷いた。

「どれほど居たな」

「一刻足らずですよ。隣座敷に客のいない座敷にせよと命じて、酒をとり、座敷にはだれも近付くなと怖い顔で命じて四人で話していました」

「四人目も他の三人と、瓜二つか」

秀次が與助に尋ねた。

「ああ、親分、よく似ています。ただし歳が親子ほど違いましたな。三人の父親ではありますまいか。四人して血腥《ちなまぐさ》い稼業で生きているなと思いましたよ」

與助が言った。

「與助どの、その者ども、酒のお代わりは願わなかったか」

「二度ほど願いました」

「その折、だれが座敷に酒を運んだな」

「女衆のお保《やす》さんです」

「お保さんに会いたい」

と小籐次が願い、お保が呼ばれた。未だ二十歳前と思えるほど若い娘だった。

「おまえさんが先日こちらに来た、よく似た四人の侍の座敷に酒のお代わりを持っていったそうだな」

お保は秀次の問いにしばらく黙っていたが、こっくりと頷いた。

「どんな客だ」

「怖かった」

とまず答えた。

「最初のとき、静かに座敷の襖を開いたら、凄い目付きで睨まれ、怒鳴られたんです。だから、二度目のときは足音を立てて階段を上がり、廊下を歩いて、『お酒を持ってきました』と声をかけました」

お保はそのときのことを思い出したか、首を竦めた。

「なんぞ耳にした言葉はないかな」

小籐次がお保に優しく聞いた。

「最初のとき、耳にしたことやわれらのことをだれにも告げてはならぬ、と厳しく言われました」

「なんぞあれば、そなたの身は必ずこの赤目小籐次が守る」

小籐次が約定した。それでもお保は迷っていたが、

「最初のお酒を運んだとき、『岩村の殿様が』という年上のお客様の言葉が聞こえました」

「岩村の殿様、か」

秀次が呟き、

「そのあと、襖を開けたら睨まれました」

とお保も最前の言葉を繰り返した。

それ以上の言葉はお保も耳にしなかったという。

「お保、そなた、四人をどう見た」

小籐次の問いに、

「どう見たって、どういうことですか」

と反問した。

「四人は家族かな」

「年上のお侍は親父様かと思います」

「残る三人は兄弟か」

「歳が離れた兄弟ではなくて、珍しいけどきっと三つ子の兄弟と思います。えらく怖い一家なんです」

「相分った。助かったぞ、お保」

小籐次は一朱を、

「不躾は許してくれ。研ぎ屋の爺は懐紙など持ち歩いておらんでな」

と差し出すとお保は最初驚いた表情を見せたが、

「ありがとう」

と言って受け取った。

秀次が最後にまた與助に質した。

「四人は帰りどうしたかえ。舟を使ったものはいないかえ」

「だれも猪牙舟は使いませんや、徒歩で浅草御門のほうに向いました。大方、浅草御門で駕籠でも拾ったんじゃございませんか」

與助が言った。

小籐次は秀次親分に従い、浅草御門の前に歩いていった。その橋際の柳の木の下に空駕籠が三丁屯《たむろ》して客を待っていた。

「酔いどれ小籐次様よ、駕籠に乗ろうってか」

駕籠かきの一人が小籐次の顔を承知か、問いかけた。

「わしは研ぎ屋の爺じゃぞ、分は心得ておる。難波橋の親分がそなたらの知恵を借りたいのじゃ」

「十手持ちの親分か、こちらも客じゃねえな」

「ないな。だが、耳寄りな話を聞かせてくれたら、一朱の話代をくれよう」

「一朱ね、話とはなんだ」

秀次が、

「二日前の五つ時分、四人の侍が駕籠を使わなかったか」

と問うた。

「侍四人だと、侍はおよそ町駕籠なんぞ使わないぜ。それに二本差しは江戸には佃煮にするほどいる」

「四人組、それも父子四人で、三人は三つ子の兄弟と思える」

と秀次がいうと、

「おお、おれたちが年寄りを乗せた。一人はどうしたかしらねえが、二人の倅は徒歩で従ってきたぜ」

「どこに行ったな」

「小名木川と横川が交わる扇橋で下りたぜ。あいつら、在所者だな、猪牙でいく手を知らないのかね」

駕籠かきの一人がいい、秀次が小籐次に倣って一朱を駕籠かきに渡した。

「親分、駕籠は二人で担ぐもんだぜ、もう一朱出しておくんなさいよ」

「十手持ちが銭を出すことなんて滅多にねえんだ。嫌ならその一朱、返してもらおうか」

秀次の言葉に駕籠かきが慌てて懐に一朱を入れた。

小籐次はその夜のうちに老中青山忠裕の江戸藩邸を訪ね、中田新八とおしんに面会した。

一方、秀次親分らは南町奉行所の定廻り同心近藤精兵衛らに会い、馬喰町の旅人宿相模屋正左衛門方を囲んだが、内藤新宿で吉野屋の隠居所を襲い、押込みを働いた秩父の雷右衛門一味は、すでに消え失せていた。

第五章　老人の妄執

一

小籐次に一時だが、静かな日々が戻って来た。ために研ぎ仕事に毎日出かけていった。

一方駿太郎は、ふたたび住み込み門弟にでもなったつもりの森藩家臣の創玄一郎太、田淵代五郎の二人と弘福寺の本堂を使った稽古を重ねつつ、望外川荘に武蔵国総頭秩父の雷右衛門一味が襲ってきたときの対応を忘れてはいなかった。

小籐次はこの日、浅草駒形堂に小舟を着けて、浅草寺御用達の畳職備前屋の風が吹き通る土間の一角に研ぎ場を設けて、せっせと仕事を勤めていた。

隠居の梅五郎が研ぎ場の傍らに樽を据え、座布団を敷いた上に腰を下ろし、煙草盆を据えて、通りかかる人に声をかけていた。

「おい、ぼて振りの市さんよ、魚屋は包丁の切れ味がよくなきゃ、活きた魚も味を落とすぜ。刃物を酔いどれ様に研がせていきな」

「備前屋のご隠居、しがないぼて振りの魚屋だ。酔いどれ様に包丁を研がせていたら儲けがなくなっちまうよ。勘弁してくんな」

「待て、待ちな。研ぎ代の一件はおれが考えようじゃないか」

「ご隠居、この時節、おれの商いは時との勝負だ。昼前に仕事を済ませたいんだよ。この次にしてくんな、頼まあ」

ぼて振りが慌てて逃げるようにして去っていった。

「畜生、市の野郎、うちが魚を購《あがな》ってやることをなんと思っているんだ。商いは相身互いだ、それをなんだ」

小籐次が研ぎの手を休め、

「ご隠居、気持ちは分るが客引きはよしてくれぬか。尻がこそばゆくて落ち着かぬ。それに備前屋の本業にも差し支えぬか」

小籐次が、どことなくのんびりとした仕事場を振り見た。

当代の神太郎らが仕事はしていたが、師走のような慌ただしさはなかった。

「赤目様にもうちにも迷惑な話だよな。爺様が煙管《きせる》の先で客をえらそうに呼び止めてよ、客引きだと。可愛げがねえ、呆れてものがいえねえな。隠居、いやさ、親父、奥に引っ込んで煙管の掃除でもしてねえか」

神太郎が言ったが梅五郎は、

「ばかを抜かせ。往来の人に声をかけるから、三人に一人五人に一人が立ち止ってよ、そうか、酔いどれ様の研ぎか、うちの包丁もだいぶ手入れをしていなかったな、と思い出して、研ぎを頼むかもしれないじゃないか」

梅五郎が神太郎に反論するところに、近くの裏長屋のおかみさんが出刃包丁を持ってきた。

「おこうさん、研ぎだね、酔いどれ様の研ぎは丁寧にして切れ味が抜群だ。夕餉の菜がうまくなるぜ」

まるで自らが研ぎ屋のように包丁を受け取った。

「わたしゃ、酔いどれ様に研ぎを頼むつもりできたんだがね、備前屋の隠居が店の前に頑張っていられたんじゃ、恐縮しちまうよ」

「おこうさんよ、親父はいないことにしてくんな。そうだ、あの世に逝っちまった梅五郎が戻って来たとでも思ってさ、気にかけないことだ」

神太郎が言った。

「やい、倅、親父を死なすつもりか」

「ああ、邪魔なんだよ」

親子が口争いする間におこうが小籐次に一礼した。

「ありがとうござる。半刻後には研ぎ上がっているでな」

おこうは早々にその場を立ち去った。

「ほれ、見よ。声を掛けた効き目が表れたじゃないか」

梅五郎は益々胸を張った。

「ご隠居、道楽はないのか」

小籐次が梅五郎に声をかけた。

「若い内は芝居、大山詣で、端唄、釣りなんぞをしたがね、寄る年波で残ったのが口先だけだ」

「厄介なものが残ったな」

「酔いどれ様よ、身延山久遠寺に代参したんだったな。どうだ、わしと大山詣でに行かないか。帰りに江の島、鎌倉に立ち寄ってよ、清遊するというのはどうだ」

「旅か、悪くないな」

「行くか、直ぐにも仕度するぜ」

梅五郎がその気になった。

「しめた」

弟子の一人が言った。

「だがよ、酔いどれ様は忙しいや。親父一人でよ、大山から江の島に回ってよ、昔の女に顔を見せてきな」

「神太郎、わしは信心に行くんだ、なにが昔の女だ」

「そうかねえ、おっ母さんがお父つぁんは、大山にかこつけてあちらこちらの綺麗な姉さんに会いに行くんだと嘆いていたのを子ども心にも覚えているがね」

「この歳だ。女はなしだよな、なあ、酔いどれ様」

「ご隠居、わしはおりょうが川向こうに待っておるでな、さような大山参りに関心はござらぬ」

「ふーん、世の中なにが不思議って、この赤目小籐次様がさ、この顔と形《なり》で、あれだけの美形の心を捉えてんだから、分らないよな。一体全体どこがいいんだろうね」

梅五郎の話は小籐次へと飛び火した。

小籐次は備前屋の道具をキリのよいところで止めて、おこうの出刃包丁の手入れにかかった。

得意先の店先で研ぎ場を設けて梅五郎らの掛け合いを聞いている、なんとも幸せな時だった。

「酔いどれ様、旅は諦めた。正直いってもう大山に登る元気はないからな、残ったのは」

「口先だけか」

「そういうことだ」

梅五郎が言ったとき、備前屋の店先に陽射しを避けて一文字笠をかぶった女が立った。

「うむ、うちの客か、それとも酔いどれ様の客か。畳か研ぎか、どちらでもねえかね」

梅五郎が品定めするように笠の下の顔を覗き見た。すると女が一文字笠の紐を解いて顔を見せた。

「おおー」

と梅五郎が声を上げ、

「おしんさん、暑いのにご苦労じゃな」

と小籐次が言った。

須崎村の望外川荘を訪ね、おりょうに今日の仕事場を教えられたのだろう。

「仕事先まで押しかけまして申し訳ございません」

おしんは小籐次ばかりか、備前屋の連中に会釈した。

「酔いどれ様、知り合いか」

梅五郎が小声で質した。頷いた小籐次が、

「おしんさん、少しばかり待ってくれぬか。この包丁を研ぎ終えれば今日の仕事は終わりに出来るでな」

小籐次の言葉に梅五郎が、

「ささ、客人、中の上がり框が風通しがいいぜ」

座布団を敷いた樽から立ち上がり、手をとらんばかりに案内した。

「まあ、畳仕事でもしばらく眺めていなされ」

小籐次の言葉におしんが備前屋の仕事場に続く板の間に腰を下ろした。すると梅五郎が奥に向って、

「おい、茶だ」

と叫んだ。

小籐次はおしんの相手を梅五郎に任せて出刃包丁の研ぎに専念した。無心に研ぎ終え、柄の緩みを直して手入れを終えたとき、梅五郎の声が聞えてきた。

「酔いどれ様はなぜ美形ばかりにもてるか、わしには分らん」

最前からの繰り返しだ。

「ご隠居、女が惚れるのは殿方の形や顔ではございません。気風です、度量です、潔さです。おりょう様もきっとそこいら辺りに惚れられたのですよ」

ふーん、と感心する梅五郎に倅が、

「親父にはないものばかりだ」

と茶々を入れた。

小籐次は手早く研ぎ場を片付けた。

「おい、酔いどれ様、話ならうちの奥でしねえな」

梅五郎が小籐次に言った。

どうもおしんが気に入った様子だ。

「ご隠居、おしんさんに手を出すのは止めておけ。背後にえらいお方がついておられるでな。嚙みつかれると厄介だ」

「なに、おしんさんに変な男がついているのか。ああ、それで酔いどれ様の出番か」

「当たらずとも遠からずだな」

「ふーん、男も分らないが、女も見かけじゃねえな」

梅五郎は小籐次の言葉をどう受け取ったか、そう洩らし、おしんが苦笑いをした。

陽盛りの中、二人は備前屋をあとにした。

「仕事が半端だぜ、明日もくるな」

梅五郎の声が詰問した。

「ゆえに道具を預けておる。ただし用事次第では二、三日あとになるやもしれぬ」

小籐次の言葉に、嗚呼と嘆く梅五郎の声が追いかけてきた。

駒形堂には小籐次の小舟しか舫われていなかった。

おしんを乗せた小籐次が、

「どちらに向けようか」

と尋ねた。

「小名木川へお願いします」

「なんぞ分ったようだな」

小舟から手を水に浸けていたおしんが小籐次を見て、頷いた。

「武蔵国総頭秩父の雷右衛門の背後にいる人物にございますが、西ノ丸老中、美濃国岩村藩三万石の四代目藩主松平乗保《のりやす》様が浮かんで参りました」

「西ノ丸老中がなんぞ企てておったか」

「松平乗保様の生まれは、寛延二年ゆえ御年七十六のご高齢にございます。どうやら乗保様の最後の願いがわずかな間でも本丸老中の座に就くことだそうでございます」

「老いゆえ妄執を抱かれたか。精々備前屋の梅五郎さんのように大山詣でくらいにしておけばよいものを」

「いかにもさようです」

おしんは梅五郎を思い出したか笑い出した。

「おしんさん、松平乗保様ならずとも出世はだれもが望むもの、その願いを笑うこともできまい」

「松平乗保様は度々西ノ丸から本丸老中への出世を画策された模様でございまして、その折、本丸老中は激務、七十六歳ではとても無理とわが殿を始め老中各位が反対の意を唱えられたそうです。そのことを知った松平乗保様は、異常なまでに激怒なされ、なぜか反対の急先鋒がわが殿だと思われたのでございます。そして、あれこれとわが殿の周辺を調べ上げられた結果、どうやら青山忠裕の後ろには、天下の酔いどれ小籐次が控えていることを突き止められた模様でございます」

「わしはなにも老中青山忠裕様の陰の者でも用心棒でもないぞ」

「世間はそうは見ない様子ですね」

おしんが嬉しそうに笑った。

「おしんさん、そなたもわしを青山様の家来とでも考えておるか」

と小籐次が糺した。

「いえ、そうは。ただしこれまでお互い助けたり助けられたりした間柄、世間がそう考えても不思議はございますまい」

「わしは迷惑じゃぞ。西ノ丸老中どのが妄執を抱いたせいで、わしの命が狙われることになった。それに深川の一件は別にして九人の命と大金が奪われておる、西ノ丸老中どのと秩父の雷右衛門一味はどのような関わりがあるのだ」

「松平家は、信州小諸《こもろ》藩主松平乗紀《のりただ》様が二万石で美濃国岩村に入られました。この小諸から陰の者を従えてきたようで、代々武蔵国総頭などと名乗っておったようです。こたびの一件について西ノ丸老中松平乗保様の側用人横内久治なるものがこの武蔵国総頭らに命じて江戸を騒乱に巻き込み、本丸老中何人かを解職させ、乗保様の野望を成し遂げようと画策したことが分っております」

「おしんさん、信じられぬな」

と小籐次が首を捻った。

「そうではないか。いくら本丸老中の座が欲しいとは申せ、武蔵国総頭秩父の雷右衛門などという残虐非道な連中を使い、江戸の四宿で押込みを働き、九人の命に大金までを奪ったのじゃぞ。いや、深川の八幡橋の連中の所業を入れるとさらに死者が増え、奪われた金子も多くなろう。それまでしても本丸老中の座がほしいか」

「最前、赤目様は老人の妄執と申されました。側用人の横内が秩父の雷右衛門一味にどこまで事細かに江戸での騒ぎを命じたか、未だ分っておりませぬ。ともかく騒ぎが大きければ大きいほど、本丸老中が何人か解職されると考えたことは確かのようです」

「呆れたな」

「はい」

とおしんが答えた。

「で、武蔵国総頭なる頭目を擁した秩父の雷右衛門一味は、小名木川近くに潜んで次の騒ぎを狙っておるのか」

「柳橋の船宿で頭目の武蔵国総頭と三人の兄弟どもが顔を揃え、美濃国岩村藩の下屋敷に入ったことは確かにございます」

小籐次はしばし沈思しながら小舟を流れに乗せて小名木川との合流部へと接近させていた。

新大橋が近づいてきた。

下流では永代橋の修理が行なわれているのが見えた。

「おしんさん、青山忠裕様はどう申されておる」

「七十六の歳まで奏者番、西ノ丸若年寄、若年寄、大坂城代、西ノ丸老中と長年にわたり、幕府のために尽してきた譜代大名にございます。出来ることなれば三万石のお家取り潰しや切腹は避けたいとのご意向かと存じます」

つまり側用人横内某と武蔵国総頭秩父の雷右衛門にすべてをおっ被せて、真相は世間に漏らすなという考えのようだ、と小籐次は理解した。

「四宿で九人の命が奪われておる」

「それもこれも側用人と武蔵国総頭一味の仕業」

と応じたおしんの声が小さかった。

「秩父の雷右衛門は金のために岩村藩の殿様の願いに加担したのであろうか」

「あれこれと調べ、聞き込んだ言葉の断片からの推量にしか過ぎませぬ。長い歳月、陰の者として生きてきた一味が、岩村藩の野心に乗った背景には『本丸老中になれば一味を家中に取り立て、家臣として遇する』の一語があったかと思われます」

「信頼もできぬ言葉に乗るほどに陰の者の判断は狂うておるわ。そのために何人もの命が奪われたのじゃぞ、おしんさん」

小籐次の繰り返す険しい言葉におしんが頷き、言い返した。

「美濃岩村藩三万石が潰れれば、職を失う武家や小者が出ることになります」

「なんとものう、死んだ人間が浮かばれまい」

二人の間に沈黙が続いた。

小舟は大川から小名木川に入っていった。

「で、どう始末する気か」

「今晩、松平乗保様の側用人横内久治を岩村藩の下屋敷に呼ぶ手配をしております。大名家下屋敷ゆえ、大目付朝比奈昌治様が立ち会われます。ですが、こたびの一件、南町との関わりが深うございますゆえ、異例にも捕り方の大半は南町の手勢になろうかと存じます」

「それは見物」

「それは困ります。立役者はなんと申しても赤目小籐次様」

「わしは老中とも公儀とも関わりない」

「いえ、武蔵国総頭秩父の雷右衛門らが、わざわざ凶行の現場に残したのは、赤目様への恨みの言葉にございました」

「わしは恨まれる所業はしておらぬ」

「ですが、相手はそうは思うておりませぬ」

ふうっ、と息を吐いた小籐次が、

「未だ日は高い。どうする気だ」

「すでに岩村藩下屋敷には見張り所ができております。ゆえに出入りはすべて見張られております。今晩深夜に一斉に捕り方が入る手はず、それまで赤目小籐次様は、お休み下さいまし。酒は十分に用意してございます」

小籐次の小舟は、横川の東岸につけられた。そして、おしんは、徒歩で八右衛門新田に接した用水池の前の百姓家に小籐次を案内した。

そこには南町の近藤精兵衛や難波橋の秀次親分らが待機していて、小籐次の顔を見て、

「これで大看板が加わった、安心じゃ」

と安堵の声を近藤が洩らした。

二

夜の四つ（午後十時）時分に小名木川から船で側用人横内久治が岩村藩下屋敷に着いた。下屋敷の御用口が開かれ、横内と供の二人が入った。

突然の側用人の来訪に下屋敷が右往左往している気配が屋敷の外まで伝わってきた。だが、それも半刻ほどで落ち着き、寝静まった。

大目付朝比奈や南町奉行所の主力部隊は、小名木川を挟んだ対岸の猿江町の空

家にあった。

小名木川も横川を過ぎて東に来ると小大名や大身旗本の抱屋敷、別邸がぱらぱらとあるだけだ。それだけに長閑な一帯で寛永の頃（一六二四〜四四）開拓された八右衛門新田に武家屋敷が後々進出してきたことが分る。広さは東西十二町、南北二町半あった。

美濃岩村藩の下屋敷も東西を他家の大名家下屋敷と抱え屋敷に接し、北は小名木川に面していた。ゆえに表門も北側にあった。

南側は飛び地の八右衛門新田と用水池に接していた。

岩村藩下屋敷の敷地は二千三百五十余坪だ。

小籐次は用水池のある南側の百姓家の納屋にいて、一刻半ほど休んだ。

猿江町の空家に待機する主力部隊と最後の打ち合わせに行っていた近藤精兵衛らが百姓家の納屋に戻って来た。

「赤目様、大目付朝比奈様に率いられた主力部隊六十人ほどは、八つの時鐘を合図に塀を乗り越えた先遣隊が表門を開き、突入することになっています。

東西は下野烏山藩と陸奥白河藩の屋敷ゆえ、塀を乗り越えては逃げますまい。逃げる者がいるとしたら、南側の用水池からと思えます。そこでわれら先手をとって用水池に舟を浮かべて、主力部隊と呼応して突っ込むことに致しました」

鎖帷子《くさりかたびら》に鎖を包み込んだ白鉢巻、小手、脛当《すねあて》、刀を一本差しにして長十手、尻端折に足袋に草鞋《わらじ》履きの物々しい姿の近藤精兵衛が小籐次に言った。

「屋敷に武蔵国総頭秩父の雷右衛門らと一味はおるのでしょうな」

「昨日、入ったまま出てはおりません。次なる押込みの時まで下屋敷にて静かにしておれとの命が横内側用人から出ておると、密偵が調べてきたそうです。まず間違いない」

「ならばわしの小舟も横川から運んでこようか」

「赤目様、われら、裏口組が乗り込む小舟はすでに小者たちが運んで二艘、用水池に浮かべてございます」

すべて仕度は整っていた。

小籐次は難波橋の親分の手先を使い、須崎村の望外川荘に今晩は帰れぬゆえ、駿太郎らがしっかりと守れと命じてあった。

創玄一郎太と田淵代五郎がいるのだ。まず望外川荘になにかあるとは思えなかった。

九つ（午前零時）の鐘を聞いて半刻後、出役姿の近藤らとともに用水池に移してあった小舟二艘に分かれて乗り込み、静かに棹を使って岩村藩下屋敷の塀に着けた。

用水池に接しているゆえ裏口はない。

だが、秀次親分らは用水池の縁に固定した小舟から梯子をかけて、いつでも塀から乗り込めるように仕度を整えた。

八つ近くと思える刻限、近藤が命じて、小舟から梯子を使って次々に小者や難波橋の秀次らに塀を乗り越えさせた。

小籐次は小舟に積んできた貧乏徳利の酒を口に含むと胃の腑に落とした。その後、梯子を使い、岩村藩下屋敷に入り込んだ。

南側の塀の中は庭木で鬱蒼《うっそう》としていた。

小籐次らは庭木を潜り、屋敷へと迫った。

不意に北側の表門で物音がした。

「大目付の出役である！」

との朝比奈の大きな声が聞こえてきた。

「当家に押込み強盗の一味、武蔵国総頭秩父の雷右衛門らと配下が忍び込んでおるとの知らせが入った。ゆえに岩村藩下屋敷の安全のために立ち入る」

との声も聞こえてきた。

急に下屋敷内が騒がしくなった。

表では激しい言い合いと小競り合いが始まっていた。

「われらも飛び込みますか」

近藤が小籐次に聞いた。

「近藤どの、秩父の雷右衛門を名乗る四人の始末がまず先決、残りは雑魚《ざこ》じゃ。やつらが表門から強引に逃げ出すか、それとも庭へと飛び出してくるか」

小籐次がそう言ったとき、雨戸が内部から蹴り倒され、抜身を振り翳した何人かが庭へ飛び出してきた。

小籐次は近藤らに、

「動きを見よう」

と暗がりに隠れたまま、じいっとしていた。

すると悠然と身支度を整えた者たちが姿を見せ、

「倅、用水池からまずは一旦逃げようか」

という声がした。

屋内からの灯りにその声の主が武蔵国総頭と名乗る秩父の雷右衛門一味の頭分

と推量がついた。

庭に出て十人ほどがすたすたと南側の塀へと歩き出した。万が一の場合、南側を逃げ口にする手筈が決まっていたような動きだった。

小籐次が暗がりから出て、一味の前に立ち塞がったのはそのときだ。

「武蔵国総頭などとご大層な名の悪党の頭か」

「何奴か」

「知れたこと、そなたらが仇と付け狙う赤目小籐次よ」

「なに、赤目じゃと。よし、園田香五郎らの仇を討たん」

と小籐次より五つ、六つ若い声が言った。

ふっふっふふ

と小籐次が笑った。

「園田香五郎らがそなたらの配下であったことは確かであろう。だがな、あやつらはそなたの命に従う振りをして、江戸での押込み強盗を命じられ、何百両かの大金を得た折、そなたらの許を離れて高飛びする心積もりであったのだ。その動きを北町奉行所支配下の御用聞き三十三間堂町の仁八親分に見咎められた。わしは偶々その場に居合わせたゆえ、手助けしたに過ぎぬ。武蔵国総頭とか秩父の雷右衛門とかご大層な名を名乗っても、手下どもはこの程度の輩だ。おぬしらがわしを仇と思う要もなければ、なにもないのだ。つまりは赤目小籐次には押込み強盗風情に仇討ち呼ばわりされる覚えはない。品川、千住、内藤新宿、板橋の四宿で無残に殺された九人の仇を討つのは、赤目小籐次じゃ」

「抜かせ」

と叫んだ武蔵国の総頭が倅と配下の者らに、

「赤目小籐次を斬り殺せ」

と命じた。

「親父どの、畏まった」

一人の若い声が答え、抜身を大上段に構えた。だが、他の二人の倅の姿は見えなかった。

小籐次が次直をゆっくりと抜くと、

「近藤どの、手加減なしと聞いておる」

「酔いどれ様、存分に来島水軍流の腕を披露して下され」

と近藤が答えて長十手を構えた。

難波橋の親分の手先たちが御用提灯に火を入れてその場を照らした。

その灯りで一味の頭分が浮かんだ。

長い歳月、陰の者として忍従してきた不満が溜まった顔付きだった。

「真の名はなにというか」

「われら、陰の者に名など無用」

「ならば一家四人、武蔵国総頭秩父の雷右衛門の名であの世に参れ」

声を向けたのとは違った左方向へと小籐次の体が飛んで、倅の一人と思える者に向って次直が流れるように振るわれた。

予想もしない小籐次の動きに、秩父の雷右衛門を名乗っていた四人の一人の対応が一瞬遅れた。それが勝敗を分った。内藤新宿で凶行をしのけた若者の胴を次直が一瞬早く撫で斬っていた。

ぐえぇっ！

その絶叫が岩村藩下屋敷の裏庭での戦いの開始を告げた。

近藤や難波橋の親分らが長十手や突棒《つくぼう》、刺叉《さすまた》で一味に襲いかかるのを横目で見ながら、小籐次は一味の総頭との間合いを詰めた。

「おのれ、許さぬ」

倅の一人をあっさりと斬られた総頭が、手にしていた豪剣を小柄な小籐次の体を二つに斬り割る勢いで叩きつけてきた。

なかなか凄味のある攻めだった。

小籐次は刃から逃げることなく武蔵国の総頭の左手に飛びながら、次直を相手の脇腹に回した。だが、総頭もさるもの、小籐次の刃を見切りながら反対に飛んでいた。

二人は、くるりと反転して向き合った。

総頭は、豪剣の切っ先を小籐次の喉元に向けた。ぴたり、と決まったかに見えたが、動いたあと、変化すると小籐次は読んだ。

陰の者の剣は玄妙だ、武芸者の剣さばきとは異なる、と小籐次は考えた。

小籐次は来島水軍流正剣十手の一、流れ胴斬りの構えに置いた。

体格、腕の長さ、剣の長短からいって武蔵国の総頭が有利に思えた。だが、小籐次は得意の流れ胴斬りにすべてを懸けた。

傍らでは一味と近藤精兵衛や難波橋の秀次親分らが互角の戦いを繰り広げているのが、小籐次には視線を向けずとも分った。

小籐次にも助勢する余力はなかった。

武蔵国の総頭と名乗る陰の者の頭分との戦いに集中しなければならなかった。

小籐次自らは仕掛けなかった。

「時」が味方であった。

総頭と一味は、大目付に岩村藩下屋敷に入られた以上、逃げ延びて次なる機会を企てることが大事だった。

「それ、銀太郎、こやつに投網を被せな」

と指図する秀次親分の声に総頭が突きの構えで動いた。

小籐次は、身を晒すようにして不動の姿勢で待っていた。

突きが継続されれば、不動の小籐次は次直で弾くしかない。

総頭が小柄な小籐次に覆いかぶさるように豪剣の切っ先を喉元へと向けていたが、小籐次が右手に飛ぶ仕草を見せた。ために総頭の剣の切っ先が動きに合わせて流れた。

百戦錬磨の武人・赤目小籐次の勘が、本能が、相手の真の狙いを教えた。

総頭が一瞬迷った末に突き掛けた。

その瞬間、小籐次が己の身を投げ出すように総頭に向って踏み込んだ。

相手の切っ先を眼前に見ながら、次直が総頭の胴を毫《ごう》早く捉えて深々と斬り割っていた。

うっ
と呻いた総頭が立ち竦み、一瞬後、前のめりに小籐次の体を掠めて崩れ落ちていった。
小籐次はしばし来島水軍流流れ胴斬りの構えのままに、
「武蔵国総頭秩父の雷右衛門、討ちとったり！」
と洩らしていた。
その声に近藤精兵衛や秀次親分らが勢い付いた。

その刻限、駿太郎は望外川荘の寝間で目を覚ました。すると創玄一郎太が、

「気付きましたか」

と小声で聞いた。

「何者か忍び込んでいますね」

駿太郎の声に三人は、有明行灯の灯りを頼りに素早く身支度をした。

駿太郎が枕元に置いていたのは実父須藤平八郎の形見の脇差だ。未だ完全な研ぎではなかったが、駿太郎は無銘ながら備前ものと思える刀に迷わず手をかけた。

庭でクロスケが吠え始めた。いつもより弱々しい吠え声だった。

「駿太郎さん、われらに任せて下さい」

一郎太と代五郎が廊下伝いに雨戸が閉じられた縁側に出ると、代五郎が一枚戸を開けた。すると庭の真ん中に一つの人影があった。

クロスケが五、六間離れたところから吠えていたが、よろよろと四肢がなえて崩れ落ちた。眠り薬入りの餌でも投げ与えられたか。

「許せぬ」

と一郎太が刀を手に飛び下り、代五郎が続いた。

駿太郎も従おうとして動きを止めた。

父の小籐次から命じられた、

「母上を守れ」

との言葉を思い出したからだ。

おりょうの寝間の襖を開いて、母上、と呼んだ。おりょうはすでに寝床に起き上がり、懐剣を手にしていた。

「駿太郎、母はわが身くらい守れます。創玄さんと田淵さんの助勢に行きなされ」

「母上、庭は一人です。一郎太さんと代五郎さんが必ず退治します。こちらは駿太郎にお任せ下さい」

という声が聞こえたか、奥の仏間との境の襖が開いた。そこへ黒衣の男が立っていた。

おりょうの寝床を挟んで、侵入者と駿太郎は対峙していた。その光景を有明行灯が映し出していた。

「何者です」

駿太郎は腰の脇差の鯉口を切り、誰何《すいか》した。

「秩父の雷右衛門」

と答えた声は意外にも若かった。

美濃岩村藩下屋敷から二人の秩父の雷右衛門が抜け出ていたのだ。

「四宿で押込み強盗を働いた手合いですか」

駿太郎の声は平静だった。

「言いおったな、われら、大望ある身だ。押込み強盗は手段に過ぎぬ」

「愚か者です、大望がなにか知りませんが人の命を奪ってよいわけもありません」

駿太郎の声は飽くまで穏やかだった。

「そのほう、赤目小籐次と関わりがあるのか」

と相手が尋ねながら、腰の一剣を抜き、突きの構えをとった。

「それも知らずしてこの屋敷に忍び込んできましたか」

「それがどうした」

「赤目小籐次の一子駿太郎、ここにおられるのは母上です」

「赤目小籐次に家族がいたか」

と男が訝しい声を上げた。

「母上、寝床に伏せてくださいまし」

「駿太郎の母です、そなたらの戦いを座して見届けます」

おりょうの言葉は、毅然としていた。


そのとき、庭では秩父の雷右衛門の一人に一郎太と代五郎が泉水まで追い詰められていた。二人は小籐次を師匠にして猛稽古で腕を上げていたが、修羅場を潜った経験がなかった。

血腥い戦いに慣れた男一人に攻め込まれていた。

「くそっ」

「もはや後ずさりできぬ。池の水で水浴びするか」

秩父の雷右衛門の一人が二人を追い詰め、不敵な笑いを見せた。

そのとき、クロスケがよろよろと立ち上がり、泉水の岸辺へとよろめき歩くと力を振り絞って侵入者の足首に嚙み付いた。

「嗚呼」

と悲鳴を上げた秩父の雷右衛門はクロスケを振り解こうとした。

「一郎太、行くぞ」

「おお」

追い詰められた二人がクロスケの援軍を得て、反撃に出た。

秩父の雷右衛門の左右から刀を振るって一郎太が首筋に斬り付け、代五郎は胸に突きを入れていた。

必死の反撃が功を奏した。二人とクロスケが秩父の雷右衛門を仕留めて、その場に崩れ落ちさせた。

「やったぞ、代五郎」

「クロスケの助けでわれらが仕留めた」

二人がクロスケを見ると、相手の足首に嚙み付いたまま鼾《いびき》を掻いて眠り込んで

いた。それを見た一郎太が、

「駿太郎さん、仕留めましたぞ！」

と叫んでいた。

「庭での勝負は決着がついたようです」

駿太郎の声は飽くまで落ち着いていた。

「おのれ」

もう一人の秩父の雷右衛門が突きの構えのまま、おりょうの座す寝床を跳んで駿太郎に迫った。

駿太郎は逃げることなく相手の突きを弾くと母のおりょうを背にして守るように傍らを跳び過ぎていった相手に向き直った。

駿太郎は半歩前に出て、敷居に立った。

「そのほういくつだ」

「十一歳です」

「なに、十一とな、小わっぱではないか」

「勝負に歳は関係ありません」

幼い声に秩父の雷右衛門は余裕を持った。その余裕が勝敗を分けることになる。

駿太郎は、実父の形見の脇差を脇構えに置いた。小籐次直伝の来島水軍流の流れ胴斬りだ。

相手は正眼に変えた。

駿太郎は相手の剣が直剣だと、そのとき気付いた。

「お出でなされ、来なければ駿太郎の方から参ります」

十一歳の幼い声に誘われた秩父の雷右衛門が、

「小わっぱ、死の刻ぞ」

と叫ぶと正眼の直剣を天井へと振り上げ、駿太郎へと斬りかかった。

電撃の斬り込みだった。

だが、駿太郎が有明行灯を背に敷居の上に立っていることを忘れていた。

直剣の切っ先が鴨居に食い込んだ。

駿太郎の脇差が伸びやかに弧を描いて、最後の秩父の雷右衛門を撫で斬っていた。

「赤目小籐次直伝、流れ胴斬り」

と幼い声が勝鬨《かちどき》を上げた。

小籐次は芝口橋北側の川端柳の下に研ぎ場を設けて、せっせと仕事を続けていた。

三

武蔵国の総頭秩父の雷右衛門一味の父子にして首魁四人は美濃岩村藩下屋敷と須崎村の望外川荘の二箇所で小籐次、駿太郎父子、創玄一郎太、田淵代五郎らの手によって始末され、配下の者どもは捕縛された。

あの夜から数日が過ぎていた。

小籐次は次の日から駒形堂の畳職備前屋、さらには深川蛤町裏河岸の得意先の注文をこなし、ようやく芝口橋の定席に戻ったところだ。

刃物を研いでいると柳が秋の陽射しを遮ってくれた。時に微風が吹くと木漏れ日が小籐次の破れ笠を照らし付けたが、小籐次が気にすることはない。

柳に風、と受け流しひたすら研ぎ仕事に熱中していた。

すると芝口橋の往来の動きが変わったようで小籐次は大勢の視線を感じた。

「とざい、東西、御用とお急ぎのない方はもちろんのこと、急ぎのお方にも申し上げます。

読売屋の空蔵、思わぬ不覚で悪人どもの手に落ち、いったんは『内藤新宿の破れ家がおれの死に場所か』と覚悟を決めましたよ。だがな、ほら蔵の異名を持つ空蔵だ、あれこれと知恵と策略を巡らし、悪党どもの手から自力で逃げ出した。この才覚、この勇気、この判断力、この冷静さがあればのことだ」

空蔵は、小籐次らに助け出されたことなど一言も口にせず、語りを続けた。

「まあ、わが恥と栄光はさておいて、本日の読売はまたもや酔いどれ小籐次こと赤目小籐次様の勲《いさお》しだよ。さあさ、ほれ、あの通り、酔いどれ様は柳の下で研ぎ仕事をしていなさる。秋の陽射しの下だ。柳の下とはいえ、足のない幽霊じゃねえぜ、歴《れっき》とした本物の、生きた酔いどれ様が聞いている橋の上だ、嘘はいわねえ」

空蔵の声に活気が戻っていた。

いったん間を入れた空蔵に、金六町の米屋の隠居が、

「酔いどれ小籐次様、なにをやらかしましたな」

「金六町のご隠居、こんどの一件は、例の四宿を同じ夜、武蔵国総頭秩父の雷右衛門一味が襲い、九人を無慈悲に殺して、千両以上もの大金を奪い去った騒ぎの

真相だ」

「ほう、あの大騒ぎね、一味は四宿を走り回りましたか」

「いくら江戸境の四宿とはいえ、一晩に同じ一味が駆けまわるのは無理だ」

「ならば一味を四つに分けたか」

「ご隠居は賢いな、当たりだ」

「それくらいはだれもが考えるな」

「品川、千住、板橋、内藤新宿の凶行が行なわれた場所には、よく似た書体で麗々しくも『赤目小籐次　仇を討つ　心して待て　武蔵国総頭秩父雷右衛門』と書き残されてあった」

「おお、秩父雷右衛門は酔いどれ様に恨みを抱いていたのですね」

お店の奉公人風の男が空蔵に問うた。

「おお、そうだ、思い出したくもないが、深川八幡橋で酔いどれ小籐次様の手にかかって斬られた園田香五郎、淀野十五郎の二人、さらには怪我を負わされて北町奉行所に突き出された村橋三八、すでに北町奉行所に捕まっていた見砂及助の都合四人も、この武蔵国総頭秩父の雷右衛門の配下の者だったんだよ」

「思い出した。空蔵さん、おまえさんは同業の山猿の三吉に先を越されて味噌っかす、泣きの涙で意気消沈しておりましたな」

「ご隠居、意気消沈だと、あのときだって読売の一枚や二枚書こうと思えば書けたんだ。だがな、親玉の武蔵国総頭が始末されるまで、じいっとよ、隠忍自重、我慢に我慢を重ねてきたんだよ。その成果がこの読売だ。なあ、酔いどれ様」

空蔵は小籐次に同意を求めたが、小籐次はただひたすら研ぎ仕事に専念して空蔵の問いかけにも答えなかった。

「ほら蔵得意の作り話じゃないか」

「じょ、冗談じゃないよ。いいか、こんどの一件は、謎が多い騒ぎなんだよ。いかに一夜同時刻に四組の秩父の雷右衛門が四宿で押込み強盗を働きえたか。そいつを酔いどれ小籐次様と南町奉行所の定廻り同心近藤精兵衛の旦那、それにこの界隈に一家を構える難波橋の秀次親分が水盃をして出役し、解決した事件の詳細だ。それにな、赤目小籐次様の一子、駿太郎様までが秩父の雷右衛門の一人を倒したのだぜ、そんな話が盛り沢山の読売がたったの四文だ、もっていけ、泥棒！」

と空蔵が大声を張り上げたとたん、

「わたしに二枚頂戴な」

「金六町の隠居が先ですよ」

と押し合いへし合いして読売が飛ぶように売れていった。

小籐次は苦虫を嚙み潰したような顔をした。

こたびの一件、難波橋の秀次親分の気持ちもあって、

「空蔵に手柄を立てさせよう」

ということになった。

ゆえに南町奉行所のお調べが秀次を通して空蔵の耳に流れた。その折、小籐次は駿太郎や森藩の家臣創玄一郎太や田淵代五郎の名は出すなと空蔵に約束させていた。にも拘らず空蔵は大勢の前で駿太郎の名まで挙げたのだ。

たちまち芝口橋の人だかりは消えて、読売を売り尽した空蔵が意気揚々と柳の下に研ぎ場をもうけて仕事をする小籐次に向い、
ぽんぽん
と手を叩いて拝むと、久慈屋の敷居を跨いだ。

「ご苦労でしたな、また空蔵さんの名調子が戻ってきましたな」

「酔いどれ様さえ相応に働けば、私の読売も売れるんですよ」

店の上がり框にどさりと腰を下ろした空蔵が、

「久慈屋さんには三枚ほど残してございますからね」

と懐から差し出した。

帳場格子を出た観右衛門が読売を受け取りながら、

「おまつさん、麦茶を二つね」

と奥へ声をかけた。するとしていたかのようにおまつが盆に冷たい麦茶を運んできた。

「おまえさんの声はよく通るね、台所まで響いてくるよ」

「鶯の鳴き声の空蔵と呼ばれてましてな、おまつさん」

「私には底の抜けた割れ鍋のような音にしか聞こえないけどね」

おまつが空蔵に冷えた麦茶を差し出し、

「赤目様、ちょっと休みにしないかい」

と川端の小籐次に声をかけた。

小籐次が研ぎ場に布をかけて久慈屋に入ってきた。

「ご苦労さん」

空蔵が小籐次を揉み手で迎えた。

小籐次は黙って空蔵と向き合うように上がり框に座り、ゆっくりと破れ笠の紐を解いて、傍らに置いた。

「えらく機嫌が悪い顔だな」

「空蔵、あれほど駿太郎の名は出すなと念を押したはずだぞ」

「おお、聞いた」

空蔵が平然と応じた。

「なんだ、あの口上は。駿太郎の名を挙げておるではないか」

「そりゃさ、客集めだ、致し方ないよ。だがな、酔いどれ様、読売の中には駿太郎のしの字も書いてねえぜ」

空蔵が居直り、すでに読売を読んだ観右衛門が空蔵の言葉に、

「確かに駿太郎さんの名は書いてございませんな」

「だろ」

空蔵が小籐次の顔を直視した。小籐次が観右衛門を糺すように見た。

「赤目小籐次の一子と書いてございます」

ふうっ
と大きな息を吐いた小籐次が麦茶の茶碗を摑むと、ごくりごくりと音を立てて飲み干した。

「さ、酒じゃねえぜ。なんだか、酔いどれ様の機嫌が悪いや、出直そう」

と空蔵が上がり框からそっと腰を上げ、久慈屋の表に飛び出していった。

「大番頭どの、店先で行儀の悪い茶の飲み方をなして相済まぬことであった。空蔵を付け上がらせると、わが一家が丸裸にされかねぬ。時に不機嫌な顔を見せておかぬとな」

若旦那の浩介が帳場格子の中で笑い、

「まあ、ここんところ空蔵さんはツキに見放されておりましたからな」

と観右衛門が小籐次をなだめるように言った。

「それにしてもこの読売、中途半端は免れませぬな。やはり西ノ丸老中様の名は出せませぬか」

「古希を大きく過ぎた西ノ丸老中どのに本丸老中のどなたかが、『老い先短いゆえ、これまでの功績に免じて見逃す』と直に言い渡された以上、いくら南町奉行所とはいえ、読売屋に漏らすわけにはいきますまい」

小籐次が言った。

武家方が得意先の久慈屋では城中の動静にそれなりに詳しかった。ために空蔵の読売を中途半端と評したのだろう。

「西ノ丸老中どのには本丸老中から釘が刺されたそうな。その結果、横内久治側用人が切腹したと聞いておる」

「致し方ございませぬな。岩村藩が潰れなかっただけでもよしとせねばなりますまい」

観右衛門が岩村藩の名を挙げて言った。その言葉に頷いた小籐次が、

「残りの仕事を致す」

と言い残して河岸道の研ぎ場に戻った。

小籐次は七つ過ぎまで精を出し、久慈屋の道具の手入れを終えた。とそれを見計らっていたように難波橋の秀次親分が姿を見せ、小籐次の前にしゃがんだ。

「まさか新たな騒ぎが起こったということはあるまいな」

小籐次が糺した。

「いえ、それはございません」

と答えた秀次の顔がどことなく和んでいた。

「ここんところ大名家がらみの騒ぎが続きましたな。まあ、それだけどこの殿様も内証が苦しいということでございましょう。貧すれば鈍するってやつですよ。武家方が渡世人や半端もんのかすりを狙うてのはね」

秀次が言った。

「なにかあったか」

「もうお忘れですかえ。上総の仁吉のことを」

「おお、わが須崎村の弘福寺の寺道場を賭場に仕立てようとした輩だったな」

「へえ、その野郎です。近藤の旦那の上役五味《ごみ》達蔵《たつぞう》与力が安房館山藩の江戸藩邸を訪ねて中老にお会いになったそうです」

「それは五味様にご足労をかけたな」

「いえ、南町奉行所だって対岸とはいえ江戸府内の寺に賭場を設けられるのは敵いませぬ。譜代とはいえ一万石の稲葉家です、町奉行所に弱みを握られたのでは、逆らうこともできませんや。上総の仁吉には稲葉家が因果を含めて諦めさせたということです」

「助かった」

小籐次は駿太郎らの寺道場が継続できそうなことを喜んだ。

「あれこれと騒ぎが重なったな」

小籐次の反応に大きく頷いた秀次が、

「まあ、こたびの一連の騒ぎ、武蔵国の総頭秩父雷右衛門父子四人の口を赤目様方に封じられたことで、ほっとしたご仁がだいぶおりましょうな」

「今どき、陰の者などを使うているのがおかしいのじゃ」

「へえ」

と答えた秀次が、

「配下の者ですがね、三宅島や八丈島にばらばらに遠島ということでケリが付きそうだと近藤の旦那が言っておられました」

というと小籐次の前から立ち上がった。


同じ刻限、須崎村の弘福寺に駿太郎が二本の竹刀を手に姿を見せた。腰には、秩父の雷右衛門を斬った脇差があった。騒ぎがあった次の日、父親の小籐次が丁寧に研ぎを掛けて手入れをしてくれたものだ。

なにもない本堂前の回廊に智永が所在なげに座って煙草を煙管で吹かしていた。

「朝稽古の他に夕稽古もするのか、駿太郎さんよ」

「迷惑ですか」

「読経より剣術《やっとう》の稽古が景気はいいやな」

とても和尚の倅で修行僧とは思えない口調で言った。

「智永さん、もっと好きなのは博奕だそうですね」

「それで痛い目に遭った、もうこりごりと言いたいが、賭場に行くにも銭がない」

「それでは相手にしてくれませんね」

「してくれないな。駿太郎さん、銭を貸してくれないか」

「残念ですが、私は一文もお金を持っておりません」

「親父様は研ぎ屋商いだしな、お袋さんは歌人ときた。妙な一家だな」

「妙ですか」

「ああ、妙だ。どこが面白いのかね、剣術だの和歌だの」

「ものは試し、やってみませんか」

駿太郎が智永を誘った。

「和歌か剣術か」

「私は剣術しかできません」

「子ども相手に打ち合いな」

智永が小馬鹿にしたような口調で言った。

「駿太郎さんよ、先夜望外川荘に忍び込んだ夜盗をおまえさんが始末したそうだな」

疑りの眼差しで智永が糺した。

「一郎太さんと代五郎さんはもう一人の悪者を退治しました」

「駿太郎さんはいくつだ」

「十一です」

「その歳で人を斬ったか、信じられないな」

「母上を危ない目に遭わせてはいけないとの一心でした」

「火事場の馬鹿力みたいなものか」

と言った智永が、

「よし、おれも一度は賭場に出入りしてヤクザどもと丁々発止やっていた男だ。駿太郎さんがどの程度か見てみようか」

と大仰な言葉を吐くと回廊から立ち上がった。

弘福寺の本堂の仏壇には布袋尊の姿は未だなかった。

駿太郎が一本の竹刀を智永に渡した。

「おれがよ、一本取ったらさ、おっ母さんから少しばかり金を融通してもらってくると約束してくれないか」

「畏まりました」

　駿太郎があっさりと承諾した。

「一文二文じゃないぜ、せめて一両、いや、二両だ」

「その代わり、智永さんが負けたら私の弟子になると約束できますか」

「ああ、いいよ」

　智永がこちらもあっさりと受けた。

　駿太郎と智永は、空の仏壇の前で竹刀を手に向き合った。

　駿太郎は正眼だ。

　智永は利き腕の左手に持ち、竹刀の先でこつこつと本堂の床を叩いていたが、

「行くぞ、駿太郎さん」

　と叫ぶといきなり間合いをつめて片手殴りに駿太郎の脳天に竹刀を落とした。

　その動きをじっくりと見ていた駿太郎が正眼の竹刀で片手殴りの攻めを弾くと、前のめりに智永が転び、顔面を床に激しく打ち付けた。

「あ、痛い」

　と叫びながら転がり回った智永が必死で立ち上がると、

「子どもと思って油断した。こんどは本気だぞ」

床に打ち付けた顔面が真っ赤になっていた。

「大丈夫ですか」

「これくらいなんでもないよ。見てろ、駿太郎さん」

と左手に右手を添えて竹刀を突き出した。腰が引けて、へっぴり腰だ。

「行きます」

駿太郎が声をかけ、正眼の構えで前進した。すると智永が下がった。さらに駿太郎が間合を詰めると、智永がずるずると下がった。そして、とうとう空の仏壇を背にして逃げ場がなくなった。

「おかしい」

「おかしくはありません。攻めてこなければ駿太郎が攻めます」

「く、くそ」

智永が破れかぶれになったか、竹刀を大上段に構え、駿太郎に向って突進してきた。

駿太郎の竹刀が智永の竹刀を持つ手を叩き、竹刀を落とした。さらに胴を左右から交替に立て続けに叩いた。むろん手加減してのことだ。

「わあっ、参った。し、駿太郎さん、参った、ま、負けだ」

「では、ただ今から智永さんは私の弟子です。師匠の私の命ずることは聞きますね」

「なんでも聞く」

「ならば明日の朝稽古から付き合うのです」

駿太郎が言うのを和尚の向田瑞願がうんうんと頷きながら、本堂の隅から見ていた。

四

その日、赤目小籐次と駿太郎は、おりょうが用意していた外着を着て、大川を小舟で下った。小籐次は白地の紬《つむぎ》に筒袴、羽織なしで頭にはいつもの破れ笠があった。

櫓を握る駿太郎は、涼やかな木綿地の袷《あわせ》に袴を付けていたが羽織はなしだ。

大川を下るとようやく空が白んできた。

佃の渡し船は未だ姿を見なかった。漁《いさ》り舟が浜へと急ぐ光景が見られるだけだ。

秋の陽射しが差す前の海はなんとも気持ちがいい。江戸の内海の岸沿いに芝浜の一角、元札之辻、町名では芝田町五丁目の浜に駿太郎は小舟を手際よく着けた。

そこには創玄一郎太と田淵代五郎が待ち受けていた。

「師匠、ようお出でなされました」

と一郎太が挨拶し、代五郎が、

「駿太郎さん、内海を小舟で来るのは難儀ではありませんか」

と聞いた。

「いえ、慣れております」

駿太郎が答え、船着場の杭に小舟の舫い綱が巻き付けられた。

小籐次、駿太郎の順で上陸すると、浜沿いの道と東海道が合流し、大木戸へと向う元札之辻を横目に、一郎太らの案内で二人は豊後森藩江戸藩邸の表門に立った。

一万二千五百石の森藩上屋敷は四千二百坪の敷地があった。

潮風を受け、磯の香りがする表門が開かれていた。ふだん武家屋敷の表門が開かれるのは主の登城下城の際、あるいは大事な客を迎える時だけだ。

開かれた表門に近習頭の池端恭之助がにこやかな顔で立っていた。

小籐次は承知していた。

池端恭之助が藩主久留島一族の血筋、三代藩主の弟に始まる分家の三男として生まれ、幼いときに江戸藩邸定府の用人池端家に養子に出されていたことも、養父の死後、百三十石の池端家を継いだことも本人の口から聞かされていた。また恭之助の聡明寛容の人柄を見抜いた通嘉に抜擢されて、近習頭として信頼厚いことも知っていた。

「お早うございます」

池端の挨拶に、お早うござると受けた小籐次は、

「だれぞ来客かな」

と尋ねながら通用口に向おうとした。

「赤目様、こちらから」

池端が表門を差した。

「うむ、それがしは当家にあるとき、下屋敷の厩番であった男でござる。表門など恐縮千万、烏滸《おこ》がましいわ」

「いえ、新しい剣術指南の初めての出仕にございます。殿から直々の命にございます」

と応じられ、小籐次は歩みを止めて迷った。

「ささ、こちらから」

池端に繰り返し誘われ、小籐次は駿太郎を振りむくと表門へと足を向けた。

小籐次には下屋敷の奉公時代を含めて数えるほどしか森藩の上屋敷に入ったことはない。すべて通用口だ。それも腰を屈めて恐縮しながらの立ち入りであった。門番らが赤目小籐次の来訪を興味半分と反感半分の眼差しで見ているのが小籐次には感じられた。

いくらただ今の赤目小籐次が江戸で名高い武芸者とはいえ、森藩に奉公していた当時、下屋敷の厩番であったことを家臣たちが忘れるはずもない。それが藩主直々のお声がかりで、新たな剣術指南として初めての勤めの日であった。

その小籐次の傍らにはすでに小籐次の背丈より二寸以上も高い駿太郎が従っていた。

そんな眼差しの中、池端が、

「赤目様、道場にご案内致します」

と近習頭自ら案内役を勤めると言った。

小籐次は一度森藩江戸藩邸の道場に通って、藩主の久留島通嘉と対面していた。ゆえに道場が藩邸のどこにあるかおよそ承知していた。敷地の西側、聖坂に接して、その坂の向こうには功運寺など寺町が広がっていた。

道場の玄関前で小籐次と駿太郎父子は足を止め、一礼した。そして、内玄関に向おうとすると池端が、

「こちらをお使い下さい」

と表玄関へと案内した。

もはや小籐次は恭之助の案内に一々文句を付けることを止めた。

玄関の端に履物を揃えて上がった小籐次と駿太郎は、八十畳の広さの道場に入る折も一礼し、道場へと通った。

予想されたことだが、道場には藩士ら三十余人ほどが稽古着あり、普段着ありと混在した姿で待ち受けていた。むろん赤目小籐次を待ち受けていたのではあるまい、藩主の命により道場に顔を揃えていたのであろう。ここでも門番と同じ眼差しが感じられた。

池端は、小籐次と駿太郎を見所《けんじょ》脇に案内し、

「しばらくお待ち下さい」

と言って、その場から消えた。

一郎太と代五郎はすでに道場に参集した家臣の後ろに加わっていた。

小籐次は瞑目して待った。

駿太郎は、集まった家臣のうち二十代の若手は後ろに座っていることに気付いていた。一郎太や代五郎の同輩であり、同年配だった。一方、前に座す家臣らは中堅から上士とみられる者たちで憮然とした顔付きで並んでいた。

突然、小姓の声が響いた。

「殿のお成り！」

小籐次は瞑目したまま低頭し、両眼を開いた。駿太郎も頭を下げた。

見所に通嘉が座した感じがあり、

「一同、顔を上げよ」

と命ずる通嘉の声がした。

駿太郎が勢いよく顔を上げ、見所の通嘉を見た。すると通嘉と眼が合った。

「おお、赤目駿太郎か、よう参ったな」

と通嘉が駿太郎の名を呼んで話しかけた。池端恭之助を通じて駿太郎の出自は通嘉も承知していた。

「はい」

と軽く一礼すると傍らで小籐次が頭を上げ、通嘉に無言の挨拶をなした。

「赤目小籐次、こたびの剣術指南、ようも受けてくれたな」

小籐次は通嘉の言葉を、

「はっ」

と短く承っただけだ。

通嘉の視線が家臣団へと移された。

「者ども、すでに承知であろう。この度、赤目小籐次を森藩の剣術指南に命じた。ゆえにそのほうらもさよう心得よ」

通嘉の言葉に家臣団からなんの反応もない。

全員が赤目小籐次の腕前を承知していた。

一年余前、前任の剣術指南猪熊大五郎がこの場において小籐次の一撃に悶絶した光景を承知していた。また『御鑓拝借』騒ぎ以来、赤目小籐次の勲しの数々は読売などで江戸じゅうに知られていたし、藩内でも回し読みされていた。

さらにはだれの口からともなく猪熊大五郎が赤目小籐次を襲い、返り討ちにあったことが藩邸内で知れ渡っていた。

赤目小籐次が江都一の武芸者ということは頭では理解し、その技前を直に見てもいた。同時に過ぎ去りし日々、下屋敷の厩番、下士であった事実を忘れてはいなかった。

この道場にある大半の家臣が、厩番の赤目小籐次より上役であった事実に胸の中でこだわっていることを示して、通嘉の言葉を複雑な想いで受け止めていた。

「赤目小籐次、一言挨拶せよ」

通嘉が命じた。

小籐次は通嘉に会釈し、体を少しばかり家臣団のほうに向け直した。

「赤目小籐次にござる。それがしの出自は、ご一統様がよう承知にござろう。殿のご意向を受けた以上、一月に二度道場に通い、剣術指導に相務める所存にござる。とは申せ、水を飲みたくない馬を水場に連れていったとしても飲ませるのは無理な相談にござろう。剣術の稽古を欲した折に道場にお立ち入り下され」

ざわざわと家臣団の中からざわめきが起きた。

「われらを馬扱いにしおるぞ、下郎め」

とか、

「いささか増長しておらぬか」

との囁きが小籐次の耳に入った。

小籐次は池端恭之助の姿が道場内にないことを見てとっていた。むろん家臣の言葉は通嘉の耳にも届いていた。それを承知で小籐次を剣術指南に指名した通嘉だった。

「赤目小籐次、そなたのもとにわが家臣が二人、門弟としてすでに入門しておるそうじゃな」

通嘉が一同に知らしめるように言った。

「はい」

「どうだ、筋は」

「よう励んでおります」

と小籐次は答えた。

「ならばその二人と同輩の者らと立ち合わせてみよ」

と通嘉が命じた。

藩主の言葉に道場の真ん中に集まっていた家臣団が左右の壁に分れて移った。すると稽古着の者がおよそ三割から四割弱ということが分った。その者たちは若い家臣が多かった。

赤目小籐次が新たな剣術指南ということを認めている面々だった。

その中から七人が創玄一郎太と田淵代五郎に立ち合うことになった。すでに竹刀を携えていた。最初からこのようなことを想定していた様子だ。

「小籐次、そなたが審判を勤めよ」

通嘉が命じ、小籐次がすっくと立つと備中次直をその場に残し、腰に差した白扇を抜いて片手に持ち、道場の真ん中に立った。

「順番は決まっておるか」

西に座す七人組に声をかけた。

「はい。それがし、松木安三郎が先鋒を勤めます」

と小籐次に答えた。

小籐次は頷くと一郎太と代五郎の東組を見た。

竹刀を手に一郎太がすっくと立った。ために最初の立ち合いは一郎太と安三郎となった。

「勝負は一本、よいな、ご両人」

小籐次の言葉に両者が頷いた。

二人は間合一間で挨拶を交わし、相正眼に竹刀を構えた。

互いが睨み合った瞬間、一郎太が果敢に踏み込んで面打ちに出た。その面打ちを竹刀で弾いた安三郎の姿勢が崩れた。その隙をついて一郎太の胴打ちが決まった。

「東組の一本」

小籐次は名を呼ぶことなく勝敗を宣した。

「次鋒大久保亀吉」

一郎太の正面からの面打ちとその後の変化技に大久保も先手をとられ、残る五人も難なく創玄一郎太に仕留められた。

駿太郎と稽古三昧の日々が効を奏したようだ。

七人の西組は愕然として顔も上げられなかった。

七人抜きの一郎太も驚きと困惑の入り混じった顔をしていた。

「田淵代五郎どの、出番がなかったな」

小籐次の言葉に代五郎が、

「お願いがございます」

と小籐次に言った。なんだな、と無言で小籐次が代五郎に問うた。

「駿太郎さんと立ち合いをさせて下さい」

「駿太郎と立ち合いか」

小籐次が駿太郎を見るとすでにその気か、手入れが終わった実父須藤平八郎の形見の脇差を腰から抜いて、一郎太から竹刀を借り受けていた。

「そなたら、歳の差はあるとは申せ、このところ互いに手の内を知り尽すほどに稽古をしてきたであろう。力の限り戦え」

小籐次の言葉に駿太郎と代五郎が竹刀を構え合った途端、互いが同時に踏み込み、攻め合った。攻めることが防御であり、攻める動きが緩んだときが相手に屈することを承知していた。

どちらかの竹刀が相手を打つことはあっても核心は外されていた。ゆえに小籐次が勝敗を宣することはなかった。

二人して間断のない攻めを繰り広げ、道場を一杯に使って走り回った。それにしても無尽蔵な力を秘めた両者の動きだった。

四半刻が過ぎても両者の攻めも動きも衰えを見せなかった。

小籐次は、両者の動きを見つつ、稽古着姿に木刀を携えた池端恭之助が道場に戻ってきたことを見ていた。

段々と代五郎の力に駿太郎が押されてきた。

小籐次は承知していた。

体力の差が出たときに駿太郎の反撃が始まることを。

「ここぞ」

と思ったか、田淵代五郎が上段に振り上げた竹刀を踏み込んできた駿太郎の面に落とした。同時に駿太郎の胴打ちが決まっていた。

「両者相打ち、勝負なし」

小籐次が宣告した。

代五郎も駿太郎も潔く竹刀を引き、一礼した。

見所から通嘉の笑い声が響いた。

「若さゆえできる立ち合いじゃのう、小籐次」

「怖れながら申し上げます。創玄一郎太どのも田淵代五郎どのもこのところの精進の賜物です。若さだけでかような打ち合いは出来ませぬ」

うーむ、と通嘉が唸った。

道場内は森閑としていた。

その静けさを破るように池端恭之助が小籐次に願った。

「剣術指南赤目小籐次様、それがしに一手ご指南をお願い申します」

小籐次は池端の平静な声音に大きく頷いていた。

出会いのときから池端恭之助の剣の技量が、それなりのものと小籐次は推測していた。

だが、これまで小籐次の前でそのことを見せたり、ひけらかしたりしたことは一度もなかった。

小籐次に一郎太が木刀を渡した。

ふたたび森藩の剣道場に緊迫が戻って来た。

「池端恭之助どの、それがしの剣術は亡父赤目伊蔵から教え込まれた来島水軍流にござる。来島は久留島に通じ、海の民であったと聞いておる。ために海戦を想定し、どのような場合にも対処できるような実戦剣法、別の言い方を致さばいささか品なき技もござる。許されよ」

「赤目様、江戸藩邸育ちの私には来島水軍流、憧れの武術にございます。森藩久留島家に過ぎし日の来島水軍流が伝承されていたことは驚きです」

頷き合った二人は木刀を正眼に構え合った。

上士の一人池端恭之助は、身分や歳の差を超えて赤目小籐次に挑み、徹底的に打ち砕かれ、無様を見せることで、赤目小籐次が森藩の剣術指南であることを家臣らに認めさせようとしていた。

小籐次はむろん池端恭之助の、

「企み」を承知で恭之助の攻めを受けた、受け続けた。だが、反撃することはなかった。力量の差を超えた立ち合いは、半刻以上も続き、恭之助の腰がふらつき始め、ついには下半身から崩れるように落ちた。

恭之助はそれでも必死に立ち上がろうとした。

「池端どの、月に二度の稽古が楽しみになり申した」

立ち合いの終わりを告げる小籐次の言葉に正座した池端恭之助が、

「ご指導有難うございました」

と床に額をつけて感謝した。上士が元下士に頭を床に着ける行為を森藩江戸藩邸の家臣に見せつけることが池端の狙いだった。

「父上、池端様の剣術はいかがでございますか」

帰りの小舟で駿太郎が尋ねた。

「池端どのはわざわざ企てられたのだ。邪《よこしま》な考えを胸に赤目小籐次の稽古を受けるということをな。藩士たちに剣術指南がだれか念を押すためにな。池端恭之助どのが殿のお傍におられて森藩は安泰かもしれぬ」

小籐次の言葉の意味を駿太郎は半分も理解できなかった。だが、父と子はなぜか胸の中に温かい気持ちを抱いて、江戸の内海を大川河口へと漕ぎ上がっていた。

小籐次は小籐次で駿太郎が田淵代五郎を攻め落とす機会を何度かわざと見逃した意味を考えていた。

深まった秋の陽射しが小舟の父と子をただ穏やかに照らし付けていた。

文春文庫

柳《やなぎ》に風《かぜ》
新《しん》・酔《よ》いどれ小籐次《ことうじ》（五）

定価はカバーに表示してあります

2016年８月10日　第１刷

著　者　佐《さ》伯《えき》泰《やす》英《ひで》
発行者　飯窪成幸
発行所　株式会社　文藝春秋

東京都千代田区紀尾井町 3-23　〒102-8008
T E L　03・3265・1211
文藝春秋ホームページ　http://www.bunshun.co.jp

落丁、乱丁本は、お手数ですが小社製作部宛お送り下さい。送料小社負担でお取替致します。

印刷・凸版印刷　製本・加藤製本

Printed in Japan
ISBN978-4-16-790669-6

佐伯泰英
文庫時代小説
全作品チェックリスト

2016年8月現在
監修／佐伯泰英事務所

掲載順はシリーズ名の五十音順です。品切れの際はご容赦ください。

どこまで読んだか、チェック用にどうぞご活用ください。
キリトリ線で切り離すと、書店に持っていくにも便利です。

佐伯泰英事務所公式ウェブサイト「佐伯文庫」 http://www.saeki-bunko.jp/

キリトリ線

居眠り磐音 江戸双紙 いねむりいわね えどぞうし

双葉文庫

□ ① 陽炎ノ辻 かげろうのつじ
□ ② 寒雷ノ坂 かんらいのさか
□ ③ 花芒ノ海 はなすすきのうみ
□ ④ 雪華ノ里 せっかのさと
□ ⑤ 龍天ノ門 りゅうてんのもん
□ ⑥ 雨降ノ山 あふりのやま
□ ⑦ 狐火ノ杜 きつねびのもり
□ ⑧ 朔風ノ岸 さくふうのきし
□ ⑨ 遠霞ノ峠 えんかのとうげ
□ ⑩ 朝虹ノ島 あさにじのしま
□ ⑪ 無月ノ橋 むげつのはし
□ ⑫ 探梅ノ家 たんばいのいえ
□ ⑬ 残花ノ庭 ざんかのにわ
□ ⑭ 夏燕ノ道 なつつばめのみち
□ ⑮ 驟雨ノ町 しゅううのまち
□ ⑯ 螢火ノ宿 ほたるびのしゅく
□ ⑰ 紅椿ノ谷 べにつばきのたに
□ ⑱ 捨雛ノ川 すてびなのかわ
□ ⑲ 梅雨ノ蝶 ばいうのちょう
□ ⑳ 野分ノ灘 のわきのなだ
□ ㉑ 鯖雲ノ城 さばぐものしろ
□ ㉒ 荒海ノ津 あらうみのつ
□ ㉓ 万両ノ雪 まんりょうのゆき
□ ㉔ 朧夜ノ桜 ろうやのさくら
□ ㉕ 白桐ノ夢 しろぎりのゆめ
□ ㉖ 紅花ノ邨 べにばなのむら
□ ㉗ 石榴ノ蠅 ざくろのはえ
□ ㉘ 照葉ノ露 てりはのつゆ
□ ㉙ 冬桜ノ雀 ふゆざくらのすずめ
□ ㉚ 侘助ノ白 わびすけのしろ
□ ㉛ 更衣ノ鷹 きさらぎのたか 上
□ ㉜ 更衣ノ鷹 きさらぎのたか 下
□ ㉝ 孤愁ノ春 こしゅうのはる
□ ㉞ 尾張ノ夏 おわりのなつ
□ ㉟ 姥捨ノ郷 うばすてのさと
□ ㊱ 紀伊ノ変 きいのへん
□ ㊲ 一矢ノ秋 いっしのとき
□ ㊳ 東雲ノ空 しののめのそら
□ ㊴ 秋思ノ人 しゅうしのひと
□ ㊵ 春霞ノ乱 はるがすみのらん
□ ㊶ 散華ノ刻 さんげのとき
□ ㊷ 木槿ノ賦 むくげのふ
□ ㊸ 徒然ノ冬 つれづれのふゆ
□ ㊹ 湯島ノ罠 ゆしまのわな
□ ㊺ 空蟬ノ念 うつせみのねん
□ ㊻ 弓張ノ月 ゆみはりのつき
□ ㊼ 失意ノ方 しついのかた
□ ㊽ 白鶴ノ紅 はっかくのくれない
□ ㊾ 意次ノ妄 おきつぐのもう
□ ㊿ 竹屋ノ渡 たけやのわたし
□ 51 旅立ノ朝 たびだちのあした

【シリーズ完結】

□シリーズガイドブック「居眠り磐音 江戸双紙」読本（特別書き下ろし小説・シリーズ番外編「跡継ぎ」収録）

□居眠り磐音 江戸双紙 帰着準備号 **橋の上** はしのうえ（特別収録「著者メッセージ&インタビュー」「磐音が歩いた『江戸』案内」「年表」）

□吉田版「居眠り磐音」江戸地図 磐音が歩いた江戸の町（文庫サイズ箱入り）超特大地図＝縦75㎝×横80㎝

鎌倉河岸捕物控 かまくらがしとりものひかえ

ハルキ文庫

□① **橘花の仇** きっかのあだ
□② **政次、奔る** せいじ、はしる
□③ **御金座破り** ごきんざやぶり
□④ **暴れ彦四郎** あばれひこしろう
□⑤ **古町殺し** こまちごろし
□⑥ **引札屋おもん** ひきふだやおもん
□⑦ **下駄貫の死** げたかんのし
□⑧ **銀のなえし** ぎんのなえし
□⑨ **道場破り** どうじょうやぶり
□⑩ **埋みの棘** うずみのとげ
□⑪ **代がわり** だいがわり
□⑫ **冬の蜉蝣** ふゆのかげろう
□⑬ **独り祝言** ひとりしゅうげん
□⑭ **隠居宗五郎** いんきょそうごろう
□⑮ **夢の夢** ゆめのゆめ
□⑯ **八丁堀の火事** はっちょうぼりのかじ
□⑰ **紫房の十手** むらさきぶさのじって
□⑱ **熱海湯けむり** あたみゆけむり
□⑲ **針いっぽん** はりいっぽん
□⑳ **宝引きさわぎ** ほうびきさわぎ
□㉑ **春の珍事** はるのちんじ
□㉒ **よっ、十一代目！** よっ、じゅういちだいめ
□㉓ **うぶすな参り** うぶすなまいり
□㉔ **後見の月** うしろみのつき
□㉕ **新友禅の謎** しんゆうぜんのなぞ
□㉖ **閉門謹慎** へいもんきんしん
□㉗ **店仕舞い** みせじまい
□㉘ **吉原詣で** よしわらもうで

□シリーズガイドブック「鎌倉河岸捕物控」読本（特別書き下ろし小説・シリーズ番外編「寛政元年の水遊び」収録）

□シリーズ副読本　鎌倉河岸捕物控　街歩き読本

シリーズ外作品　ハルキ文庫

□異風者　いひゅもん

交代寄合伊那衆異聞　こうたいよりあいいなしゅういぶん　講談社文庫

□①変化　へんげ
□②雷鳴　らいめい
□③風雲　ふううん
□④邪宗　じゃしゅう
□⑤阿片　あへん
□⑥攘夷　じょうい
□⑦上海　しゃんはい
□⑧黙契　もっけい
□⑨御暇　おいとま
□⑩難航　なんこう
□⑪海戦　かいせん
□⑫謁見　えっけん
□⑬交易　こうえき
□⑭朝廷　ちょうてい
□⑮混沌　こんとん
□⑯断絶　だんぜつ
□⑰散斬　ざんぎり
□⑱再会　さいかい
□⑲茶葉　ちゃば
□⑳開港　かいこう
□㉑暗殺　あんさつ
□㉒血脈　けつみゃく
□㉓飛躍　ひやく
【シリーズ完結】

長崎絵師通吏辰次郎　ながさきえしとおりしんじろう　ハルキ文庫

□①悲愁の剣　ひしゅうのけん
□②白虎の剣　びゃっこのけん

夏目影二郎始末旅 なつめえいじろうしまつたび　光文社文庫

- □① 八州狩り はっしゅうがり
- □② 代官狩り だいかんがり
- □③ 破牢狩り はろうがり
- □④ 妖怪狩り ようかいがり
- □⑤ 百鬼狩り ひゃっきがり
- □⑥ 下忍狩り げにんがり
- □⑦ 五家狩り ごけがり
- □⑧ 鉄砲狩り てっぽうがり
- □⑨ 奸臣狩り かんしんがり
- □⑩ 役者狩り やくしゃがり
- □⑪ 秋帆狩り しゅうはんがり
- □⑫ 鵺女狩り ぬえめがり
- □⑬ 忠治狩り ちゅうじがり
- □⑭ 奨金狩り しょうきんがり
- □⑮ 神君狩り しんくんがり

【シリーズ完結】

- □ シリーズガイドブック 夏目影二郎「狩り」読本（特別書き下ろし小説・シリーズ番外編「位の桃井に鬼が棲む」収録）

秘剣 ひけん　祥伝社文庫

- □① 秘剣雪割り 悪松・棄郷編 ひけんゆきわり わるまつ・ききょうへん
- □② 秘剣瀑流返し 悪松・対決「鎌鼬」 ひけんばくりゅうがえし わるまつ・たいけつかまいたち
- □③ 秘剣乱舞 悪松・百人斬り ひけんらんぶ わるまつ・ひゃくにんぎり
- □④ 秘剣孤座 ひけんこざ
- □⑤ 秘剣流亡 ひけんりゅうぼう

古着屋総兵衛 初傳 ふるぎやそうべえ しょでん

新潮文庫

- □ 光圀 みつくに （新潮文庫百年特別書き下ろし作品）

古着屋総兵衛影始末 ふるぎやそうべえかげしまつ

新潮文庫

- □ ① 死闘 しとう
- □ ② 異心 いしん
- □ ③ 抹殺 まっさつ
- □ ④ 停止 ちょうじ
- □ ⑤ 熱風 ねっぷう
- □ ⑥ 朱印 しゅいん
- □ ⑦ 雄飛 ゆうひ
- □ ⑧ 知略 ちりゃく
- □ ⑨ 難破 なんぱ
- □ ⑩ 交趾 こうち
- □ ⑪ 帰還 きかん

【シリーズ完結】

新・古着屋総兵衛 しん・ふるぎやそうべえ

新潮文庫

- □ ① 血に非ず ちにあらず
- □ ② 百年の呪い ひゃくねんののろい
- □ ③ 日光代参 にっこうだいさん
- □ ④ 南へ舵を みなみへかじを
- □ ⑤ ○に十の字 まるにじゅのじ
- □ ⑥ 転び者 ころびもん
- □ ⑦ 二都騒乱 にとそうらん
- □ ⑧ 安南から刺客 アンナンからしかく
- □ ⑨ たそがれ歌麿 たそがれうたまろ
- □ ⑩ 異国の影 いこくのかげ
- □ ⑪ 八州探訪 はっしゅうたんぼう
- □ ⑫ 死の舞い しのまい

密命 みつめい／完本 密命 かんぽん みつめい

※新装改訂版の「完本」を随時刊行中

祥伝社文庫

- □ ① 完本 密命 見参！ 寒月霞斬り　けんざん かんげつかすみぎり
- □ ② 完本 密命 弦月三十二人斬り　げんげつさんじゅうににんぎり
- □ ③ 完本 密命 残月無想斬り　ざんげつむそうぎり
- □ ④ 完本 密命 刺客 斬月剣　しかく ざんげつけん
- □ ⑤ 完本 密命 火頭 紅蓮剣　かとう ぐれんけん
- □ ⑥ 完本 密命 兇刃 一期一殺　きょうじん いちごいっさつ
- □ ⑦ 完本 密命 初陣 霜夜炎返し　ういじん そうやほむらがえし
- □ ⑧ 完本 密命 悲恋 尾張柳生剣　ひれん おわりやぎゅうけん
- □ ⑨ 完本 密命 極意 御庭番斬殺　ごくい おにわばんざんさつ
- □ ⑩ 完本 密命 遺恨 影ノ剣　いこん かげのけん
- □ ⑪ 完本 密命 残夢 熊野秘法剣　ざんむ くまのひほうけん
- □ ⑫ 完本 密命 乱雲 傀儡剣合わせ鏡　らんうん くぐつけんあわせかがみ
- □ ⑬ 完本 密命 追善 死の舞　ついぜん しのまい
- □ ⑭ 完本 密命 遠謀 血の絆　えんぼう ちのきずな
- □ シリーズガイドブック「**密命**」**読本**（特別書き下ろし小説・シリーズ番外編「虚けの龍」収録）

【旧装版】

- □ ⑮ **無刀** 父子鷹　むとう おやこだか
- □ ⑯ **烏鷺** 飛鳥山黒白　うろ あすかやまこくびゃく
- □ ⑰ **初心** 闇参籠　しょしん やみさんろう
- □ ⑱ **遺髪** 加賀の変　いはつ かがのへん
- □ ⑲ **意地** 具足武者の怪　いじ ぐそくむしゃのかい
- □ ⑳ **宣告** 雪中行　せんこく せっちゅうこう
- □ ㉑ **相剋** 陸奥巴波　そうこく みちのくともえなみ
- □ ㉒ **再生** 恐山地吹雪　さいせい おそれざんじふぶき
- □ ㉓ **仇敵** 決戦前夜　きゅうてき けっせんぜんや
- □ ㉔ **切羽** 潰し合い中山道　せっぱ つぶしあいなかせんどう
- □ ㉕ **覇者** 上覧剣術大試合　はしゃ じょうらんけんじゅつおじあい
- □ ㉖ **晩節** 終の一刀　ばんせつ ついのいっとう

【シリーズ完結】

小籐次青春抄 ことうじせいしゅんしょう

文春文庫

□品川の騒ぎ・野鍛冶 しながわのさわぎ　のかじ

酔いどれ小籐次 よいどれことうじ

文春文庫

□①御鑓拝借 おやりはいしゃく
□②意地に候 いじにそうろう
□③寄残花恋 のこりはなよするこい
□④一首千両 ひとくびせんりょう
□⑤孫六兼元 まごろくかねもと
〈決定版〉随時刊行予定
□⑥騒乱前夜 そうらんぜんや
□⑦子育て侍 こそだてざむらい
□⑧竜笛嫋々 りゅうてきじょうじょう
□⑨春雷道中 しゅんらいどうちゅう
□⑩薫風鯉幟 くんぷうこいのぼり
□⑪偽小籐次 にせことうじ
□⑫杜若艶姿 とじゃくあですがた
□⑬野分一過 のわきいっか
□⑭冬日淡々 ふゆびたんたん
□⑮新春歌会 しんしゅんうたかい
□⑯旧主再会 きゅうしゅさいかい
□⑰祝言日和 しゅうげんびより
□⑱政宗遺訓 まさむねいくん
□⑲状箱騒動 じょうばこそうどう

キリトリ線

新・酔いどれ小籐次　しん・よいどれことうじ

文春文庫

□① 神隠し　かみかくし
□② 願かけ　がんかけ
□③ 桜吹雪　はなふぶき
□④ 姉と弟　あねとおとうと
□⑤ 柳に風　やなぎにかぜ

吉原裏同心　よしわらうらどうしん

光文社文庫

□① 流離　りゅうり
□② 足抜　あしぬき
□③ 見番　けんばん
□④ 清搔　すががき
□⑤ 初花　はつはな
□⑥ 遣手　やりて
□⑦ 枕絵　まくらえ
□⑧ 炎上　えんじょう
□⑨ 仮宅　かりたく
□⑩ 沽券　こけん
□⑪ 異館　いかん
□⑫ 再建　さいけん
□⑬ 布石　ふせき
□⑭ 決着　けっちゃく
□⑮ 愛憎　あいぞう
□⑯ 仇討　あだうち
□⑰ 夜桜　よざくら
□⑱ 無宿　むしゅく
□⑲ 未決　みけつ
□⑳ 髪結　かみゆい
□㉑ 遺文　いぶん
□㉒ 夢幻　むげん
□㉓ 狐舞　きつねまい
□㉔ 始末　しまつ

□シリーズ副読本　佐伯泰英「吉原裏同心」読本